새벽의 의뢰인

새벽의 의뢰인

가연 장편소설

"세상에 의미 없는 일이 뭐가 있겠어요.

어떤 식으로든 결과가 돌아올 거라고 생각해요."

차례

아이스 아메리카노

유난히 음습하고 조용한 밤이었다. 피부에 달라붙는 어둠과 반지하방 특유의 습기, 퀴퀴한 냄새가 갇힌 원룸에서 며칠 밤샘의 여파로 기절하듯 곯아떨어졌던 새벽. 꽤 오랫동안 세탁하지 않은 베개에 머리를 처박고 있던 최정훈을 깨운 것은 날카로운 벨 소리였다. 번호를 확인하지도 않고 반사적으로 전화를 받았다. 누구냐고 물을 틈도 없이 수화기 너머에서 탁한 음성이 들려왔다.

"정, 정훈아, 나 진짜 아니다. 진짜 내 짓 아니야. 넌 알고 있지? 너 나 믿지? 응?"

난데없이 벼락이라도 맞은 기분이었다. 순식간에 잠이 달아나 이불을 걷어차고 벌떡 일어나 앉았다.

"김수호? 야, 너 어디야. 어디에서 뭐 하고 있는데 코빼기도 안 보여? 너 이 새끼, 내가 얼마나 찾았는데……!"

"씨발, 그럼 내가 나 여기 있소 하면서 광고라도

하고 다니냐? 짭새들이 다 나 잡겠다고 설치는데?”

사납게 되묻는 말에 김수호가 덜덜 떨리는 목소리로 욕설을 쏟아냈다.

“어디 있는지나 말해. 그래야 이야기를 하든 뭐든 할 거 아냐, 새끼야! 도망만 다닌다고 해결될 일이 아니라고!”

“너, 너도 나 의심하냐? 너도 그렇게 생각해? 내가 그 새끼 죽였다고?”

“그런 말이 아니잖아. 진정하고 내 말부터 들어. 일단은 자진 출두해. 억울한 게 있으면 경찰이…….”

“내가 그 씨발 새끼들을 어떻게 믿어! 어떻게든 나 감옥에 처박으려고 눈 시뻘게진 놈들인데. 야, 너도, 너도 그렇게 생각해? 넌 아니잖아, 나 믿잖아, 어?”

김수호는 같은 말을 계속해서 반복하기만 할 뿐이었다. 최정훈은 초조한 마음에 버럭 소리를 질렀다.

“믿고 자시고 할 게 있냐? 너 자꾸 도망만 다니다가 진짜 큰일 나, 인마!”

“큰일? 하, 큰일이라고?”

수화기 너머에서 실성한 웃음소리가 들려왔다.

“크흐…… 여기에서 더 큰일이 난다고? 사람은 죽었고, 나는 살인자가 됐고, 여기서 더 나빠질 게 있나?”

"정신 차려, 새끼야! 다 잘될 거야. 어떻게든 누명만 벗으면 되잖아! 내가 지금 갈게. 어디야?"

최정훈이 차 열쇠를 챙겼다. 남루한 러닝셔츠에 잠옷 바지 차림이었지만 그런 건 중요하지 않았다. 당장 김수호를 데리러 가야 한다는 생각뿐이었다.

그가 현관문을 박차고 나가기 직전 수화기 너머에서 김수호의 음산한 목소리가 들려왔다.

"그래, 누명…… 나한테는 증거가 있어. 그 씨발 새끼가 나한테 누명을 씌웠다는 증거가."

"……뭐라고?"

"킥킥킥. 큭…… 그놈은 미처 몰랐겠지. 근데 나도 그냥 호락호락하게 당할 정도로 멍청한 새끼는 아니거든!"

착 가라앉았던 음성이 다시 격앙되어 요란한 웃음소리가 되었다.

"보여주면 될 거 아냐, 증거! 나한테는 증거가 있다고! ……젠장, 뭐야? 나 잡으러 온 건가? 씨발, 일단, 야, 잘 들어. 내가 죽인 거 아냐. 내가 조만간 증거 보여준다. 이것만 터뜨리면 그 새끼 나락 보낼 수 있어!"

패닉에 빠진 채 말을 쏟아내던 김수호는 그대로 뚝, 전화를 끊어버렸다. 좁은 원룸에서 최정훈은 황망히 연결이 끊어진 휴대폰만 내려다보았다. 몇 번 점멸하던 휴대폰은 그대로 휴면 상태로 들어가며 화면에 새카만 어둠을 담아냈다.

환기도 제대로 되지 않는 방의 답답한 공기가, 한 구석에 핀 곰팡이가, 경찰공무원 임명장이, 귓가에 쟁쟁한 김수호의 절규가 그를 천천히 질식시키는 것 같았다. 어두운 밤공기는 그저 무겁기만 했고 가까스로 한 조각 들어오는 달빛이 마치 비웃듯 최정훈의 발치에 내려앉았다.

그리고 얼마 후 김수호는 시체로 발견되었다.

○

고소한 커피 향기에 문득 잠에서 깨어났다. 느리게 눈을 깜빡이던 최정훈은 낯선 테이블에 앉아 있다는 걸 깨달았다. 수면 상태에 빠진 태블릿 PC와 얼음이 거의 다 녹아가는 아이스 아메리카노 한 잔이 눈에 들어왔다. 이상한 자세로 오랫동안 기대 있던 허리에서 통증을 느끼고 나서야 카페에서 까무룩 잠들었다는 것을 기억해냈다. 사무실에서 나오다가 급하게 의뢰인의 연락을 받고 가까운 아무 카페나 들어와 자료를 훑어보던 참이었다. 그러다 피로를 이기지 못하고 깜빡 존 모양이었다.

"쓰읍…… 예전에는 일주일 밤을 새워도 멀쩡했는데."

고작 사흘 잠복했다고 병든 닭처럼 졸다니. 와중에 심란한 꿈까지 꾼 게 더 자존심 상했다. 최정훈은 관자놀이를 꾹꾹 누르며 남은 졸음기를 몰아내려 애쓰다가 습관처럼 휴대폰을 확인했다. 업무용 휴대폰에 몇 건의 연락이 와 있었다. 아직 비몽사몽인 정신 속에도 박정웅이라는 발신인의 이름이 또렷하게 보였다. 최정훈이 운영하는 작은 심부름센터에 종종 의뢰를 맡기는 건축 회사 사장이다. 소개해줄 사람이 있으니 며칠 뒤 시내의 카페에서 만나자는 이야기였다. 대충 알겠다는 내용의 답장을 보낸 뒤 휴대폰을 아무렇게나 가방에 쑤셔 넣었다. 다시 의자에 몸을 푹 기대자니 부드러운 재즈 음악이 멍한 정신에 흘러들었다. 코끝을 간지럽히는 은은한 커피 향은 덤이었다.

평일 낮이라 그런지 카페는 제법 조용했다. 은퇴 후 느긋한 시간을 보내는 듯한 노부부가 창가 자리에서 소곤소곤 환담을 나누었고, 군데군데 최정훈과 마찬가지로 혼자 온 손님이 눈에 띌 뿐이었다. 아까부터

두런두런 들리는 대화 소리에 슬쩍 고개를 돌리니 사람 좋은 아르바이트생과 단골손님이 시답잖은 소리를 주고받는 게 보였다. 느긋한 음악이 다시금 그를 혼곤한 졸음 속으로 서서히 몰아가려 했지만 최정훈은 관자놀이를 짚으며 억지로 잠을 깨웠다. 평화로웠다. 눈 뜨기 직전 잠깐 봤던 꿈과는 판이하게 달랐다. 불륜 커플의 뒤꽁무니를 줄줄 쫓아다니며 이혼 소송 증거나 모으는 처지가 된 자신의 일상과도 제법 거리가 멀었다.

문득 이 카페에서 자신이 이방인이 된 기분이었다. 괜히 앉은 자리가 가시방석처럼 느껴졌다. 최정훈은 남은 커피를 한꺼번에 들이켜고 벌떡 자리에서 몸을 일으켰다. 화장실이나 들렀다가 다시 사무실로 돌아갈 생각이었다. 성큼성큼 화장실로 향하려던 발걸음을 붙잡은 것은 때마침 카페 알바생이 내뱉은 한마디였다.

"사기꾼을 잡아내서 다행이네요."

최정훈의 고개가 자연스레 그쪽으로 돌아갔다. 노부인의 웃음기 어린 대답이 뒤따랐다.

"그럼, 다행이지. 이게 다 연우 씨 덕분이야."

"아니에요, 제가 뭘 했다고요."

연우라고 불린 남자 알바생이 사람 좋게 미소 지으며 대답했다. 유순한 인상의 얼굴에 쇼윈도 너머에서 비쳐 드는 햇빛이 드리워, 알바생이 쓴 동그란 안경 너머로 유난히 검은 눈동자가 흑요석을 깎아 만든 듯 반짝거렸다. 멀뚱히 그 광경을 보던 최정훈은 방금 들은 단어를 속으로 한번 되뇌어보았다.

'사기꾼이라.'

평화 그 자체처럼 보이는 카페와 그다지 어울리지 않는 단어였다. 흰머리를 보라색으로 물들인 화려한 차림의 노부인이 웃음을 터뜨렸다.

"뭘 했긴. 이럴 때는 포상금이라도 좀 내어놓으라고 해야 하는 거 아닌가?"

"얼마 주실 건데요?"

"얼마나 필요한데? 말만 해."

농담기 섞인 대화가 오갔다. 잠시 멍하니 서 있던 최정훈은 곧 신경을 끄고서 자리를 뜨려 한 발을 내디뎠다. 그 찰나 알바생이 덧붙인 가벼운 한마디가 유난히 귓가에 꽂혔다.

"괜찮아요. 저도 재미있었으니 그걸로 충분해요."

평탄하디평탄한 목소리에 최정훈은 저도 모르게 뒤를 돌아보았다. 노부인과 사기꾼, 포상금, 그리고

재미있었다는 알바생의 짧은 감상평. 어떻게 된 일인
지는 대충 알 수 있었다. 노부인이 사기를 당할 뻔했
는데 저 앳된 알바생이 막아준 것이다. 하지만 앞의
세 가지야 그렇다 치더라도 꼭 잘 만든 영화를 한 편
본 것 같다는 태도로 말하는 알바생의 마지막 말은
썩 맞아떨어지는 반응이 아니었다. 노부인은 그 점을
개의치 않는 것 같았다. 마치 그런 말이 나올 줄 알았
다는 듯 의미심장한 웃음기를 드리울 뿐이었다.

"아참, 아포가토에 쓸 아이스크림을 바꿔봤거든
요. 혹시 드셔보시겠어요?"

"그러면 나야 고맙지."

그 위화감은 다른 화제에 묻혀 자연스럽게 떠나버
렸다. 최정훈 역시 자신이 멍하니 서 있었다는 것을
깨닫고 퍼뜩 정신을 차렸다. 다시 화장실을 향해 걸음
을 옮기려던 순간 중요한 자료가 든 태블릿을 테이블
에 그냥 올려 둔 채 자리를 비웠다는 사실이 생각났
다. 피로 탓에 제정신이 아닌 모양이었다. 신경질적인
발걸음으로 자리에 돌아간 그는 태블릿을 가방 안에
대충 넣고 화장실로 향했다. 볼일을 마치고 손을 씻은
뒤 나가려던 때 마침 성난 의뢰인에게서 또다시 전화
가 걸려왔다. 최정훈은 욕이 목 끝까지 치솟아 오르는

것을 가까스로 눌러 담았다.

"하아……."

썩을 인생. 지끈대는 골을 부여잡고 통화 버튼을 눌렀다. 아니나 다를까, 잔뜩 화가 난 목소리가 터져 나왔다. 대충 언제 일이 마무리되냐, 증거는 아직이냐, 소송에서 이기려면 더 필요하다 등등 온갖 말들이 육두문자와 섞여 쏟아졌다. 어쩐지 꿈자리가 사납더라니. 전화기를 멀찍이 대고 최정훈은 망연히 천장을 올려다보았다. 왈왈 짖어대는 의뢰인의 목소리 너머 화장실 문밖에서 흘러드는 은근한 재즈 음악이 마치 그를 놀리는 듯했다.

○

겨우 전화를 끊은 뒤 밖으로 나가자 사람들이 모여 웅성대고 있었다. 방금 노부인과 알바생이 두런두런 이야기를 나누던 자리였다. 인파의 한가운데에서 험상궂은 남자 손님이 알바생을 상대로 눈을 부라렸다. 다른 사람들은 남자를 만류하느라 모여든 것 같았다. 곱슬머리의 사람 좋은 알바생 청년이 앞치마를 두른 채 곤혹스러운 미소를 띠며 말했다.

"잠시만, 진정하세요, 손님."

"진정? 내가 진정하게 생겼어, 지금?!"

덩치 큰 남자 손님은 되려 더욱 성을 낼 뿐이었다. 그의 앞에 선 알바생은 유난히 유약해 보였다. 멀뚱히 서서 구경하던 최정훈은 약간의 위화감을 알아차렸다. 알바생과 친근하게 대화하던 노부인이 떨어진 자리에서 지켜만 보고 있었다.

'일부러 바 테이블에 앉을 정도로 친했던 거 아니었나?'

알바생이 꽤 곤란한 지경에 처해 있는데도 노부인은 그가 내어준 듯한 아이스크림을 한 숟가락씩 음미하며 소동을 가만히 관전만 할 뿐이었다. 게다가 그녀의 탁한 눈동자에는 일말의 흥미까지 깃들어 있었다.

"어어어어?"

그때 갑자기 터져 나온 큰 소리에 최정훈이 퍼뜩 정신을 차렸다. 알바생을 붙잡고 대거리하던 남자가 눈을 휘둥그레 뜬 채 그를 향해 삿대질하고 있었다. 마치 다른 사람들에게 저기 좀 보라고 외치는 것처럼. 삼삼오오 모여 있던 손님들이 최정훈에게 홱 고개를 돌렸다. 숱한 시선들이 꽂혀 든 찰나 남자가 드디어 우렁차게 외쳤다.

"거기 안 서? 이 도둑놈의 새끼야!"

"……."

정적이 흐르기 시작한 가운데 최정훈은 바보같이 눈만 끔뻑였다. 남자의 부리부리한 눈이 똑바로 최정훈을 노려보고 있었다. 그 "도둑놈의 새끼"가 누구를 지칭하는지 착각하려야 할 수가 없는 상황이었다. 그럼에도 쉽게 납득할 수 없었다. 잠깐 고민하던 그가 자신을 손가락으로 가리키며 물었다.

"뭐. 나?"

"그럼 너 말고 또 누구겠냐!"

곧장 바락 악을 쓰는 대답이 돌아왔다. 그러자 정신을 차린 알바생이 급하게 그를 만류했다.

"잠깐만 진정하세요. 죄송한데, 손님. 잠시만 이쪽으로 와주시겠어요?"

"……."

재수가 없거니 했지만 설마 이렇게까지 없을 줄은 예상치 못한 그였다. 이대로 그냥 무시하고 나가는 것도 방법이었지만 만약에 경찰이라도 부르면 골치 아파질 게 뻔했다. 결국 최정훈은 한숨을 푹 내쉬며 터덜터덜 그들에게 가까이 다가갔다.

"뭡니까?"

"이분이 태블릿을 분실하셨다는데…… 그걸 가져간 게 손님이라고 말씀하셔서요."

알바생 등 뒤에서 덩치 큰 남자가 눈에 쌍심지를 켜고 최정훈을 노려보고 있었다. 최정훈은 욕설이 입 밖으로 튀어나오려는 것을 간신히 억눌러 담으며 또박또박 말했다.

"그렇게 할 짓 없지도 않고, 궁상맞은 인간도 아닙니다만. 그래서 지금 내가 도둑놈이라는 말입니까?"

일부러 겁을 좀 줄 생각으로 목소리를 깔았다. 최정훈은 어깨가 꽤 떡 벌어진 편이었고, 농담으로라도 다정하다 표현하기는 불가능한 그런 차가운 낯의 소유자였다. 자신의 외양이 다른 사람에게 어찌 느껴지는지 그는 아주 잘 알고 있었다. 죄 없는 알바생에게는 미안한 일이었지만 이런 해결 방식이 꽤 효과가 있다는 것 역시 여러 번 경험해 본 바 있었다. 그 시도는 실패로 돌아갔다. 그를 빤히 올려다보던 알바생이 어색한 미소를 지으며 손을 한차례 내저은 것이다.

"에이, 전 그렇게까지 말한 적 없어요. 그래도 오해가 있으면 좋게좋게 풀자는 거죠."

오히려 멈칫한 것은 최정훈 쪽이었다. 알바생은 전혀 동요하지 않고 다시 성난 남자를 향해 돌아섰다.

"손님 자리가 어디라고 하셨죠?"

"저쪽."

화가 난 기색을 전혀 숨기지 않으며 남자가 앉아 있던 자리를 턱짓했다. 벽에 붙은 테이블 위에 커피잔과 가방이 놓인 게 보였다. 묘한 위치에 칸막이가 있는 탓에 카운터가 있는 바 좌석에서도 제대로 보이지 않는 사각지대였다.

"잠깐 담배 피우러 나갔다 왔는데 저 자식이 한참 이 앞에서 얼쩡거리더군."

"하긴 한동안 저 자리에 서 계시긴 했죠."

알바생이 애매하게 고개를 끄덕였다. 최정훈이 슬쩍 인상을 찌푸렸다.

"내가 언제?"

"아까 화장실에 들어가시기 전에요. 저도 얼핏 본 기억이 나거든요."

눈썹을 살짝 휘며 알바생이 말했다. 그제야 최정훈은 아차 싶은 마음이 들었다. 아까 알바생과 노부인의 대화에 잠시 정신이 팔려 그곳에 잠깐 머물렀던 것이 떠올랐다. 그렇다고 대화를 엿들었다고 곧이곧대로 말할 수도 없는 노릇이었다. 알바생이 눈썹을 살짝 찡그리며 곤란하다는 미소를 지었다.

"죄송한데 잠깐 협조 좀 해주시겠어요?"

"……하아."

결국 최정훈은 한숨을 푹 내쉴 수밖에 없었다. 짜증을 담아 머리를 아무렇게나 헝클어뜨린 그가 삐딱하게 서서 알바생과 남자를 번갈아 보았다.

"그래서 내가 뭘 훔쳤다고? 태블릿?"

최정훈은 일부러 껄렁함을 담아 툭 내뱉었다. 주머니에 손을 꽂아 넣고 고개를 삐딱하게 꺾는 것은 덤이었다. 알바생의 등 뒤에 있는 문제의 남자가 제법 질이 나빠 보이는 탓에 선택한 전략이었다. 덕분에 알바생은 싸움이라도 날까 봐 걱정되었는지 남자를 뒤에 두고 앞으로 나서며 화제를 이어갔다.

"저분이 담배를 피우러 밖에 나가신 동안 사라졌대요. 그런데 손님이 마침 그 타이밍에 테이블 앞에 꽤 오래 서 계셨고요."

"난 그냥 화장실 가려다가 메뉴판 좀 읽으려고 서 있었을 뿐인데."

최정훈은 그럴듯한 말을 꾸며냈다. 그러자 남자가 불쑥 끼어들었다.

"너 이 자식, 여기에서 계속 왔다 갔다 했잖아. 메뉴판은 무슨. 네 가방에 태블릿도 넣었으면서!"

"내가 왔다 갔다 했다고?"

그러고 보니 아까 태블릿을 그대로 올려 두고 간 게 마음에 걸려서 다시 자리로 돌아갔었다. 거기까지 대화를 나눈 뒤에야 최정훈은 이 오해가 어디서부터 불거졌는지 이해할 수 있었다. 최정훈이 앉아 있던 창가 자리는 남자가 담배를 피웠다던 자리에서 얼핏 보이는 자리였다.

바 테이블과 남자 근처에서 얼쩡대다가 다시 자리로 돌아간 최정훈은 테이블 위에 둔 태블릿을 가방에 넣은 뒤 화장실에 갔다. 담배를 피우러 나갔던 남자가 창 너머로 그 모습을 단편적으로 보았다면 제 물건을 훔쳐 가방에 넣고 아무렇지도 않게 화장실을 갔다고 오해할 법한 상황이었다. 되는 일이 이렇게까지 없다고? 최정훈은 치밀어 오르는 짜증을 굳이 억누르지 않고 알바생에게 쏘아붙였다.

"야, 알바생, 이 가게에는 CCTV도 없어? 확인해 보면 될 거 아냐?"

"있기야 하지만…… 각도가 애매해서요. 확인해 봤자 손님께서 저분 테이블을 한참 서성이다 화장실에 들어가는 것밖에 안 보일 거예요."

알바생은 카운터 뒤쪽의 벽을 눈짓했다. 돌아가

고 있는 CCTV가 한 대 눈에 들어왔지만 카운터와 주방 쪽을 지키기 위한 용도이지 손님 자리까지 완벽하게 비추는 것은 아니었다. 최정훈이 CCTV의 위치를 확인하고는 쯧 혀를 차는데 그가 생각났다는 듯 덧붙였다.

"아참, 그리고 알바생이 아니라 사장이에요. 별로 중요한 건 아니지만 아까부터 자꾸 알바생이라고 부르시기에."

"뭐?"

"이왕이면 알바생 말고 사장님이라고 불러주시면 좋겠네요. 아니면 이름도 좋고. 서연우라고 해요."

동그란 눈매를 휘며 알바생, 이 아닌 사장 서연우가 미소 지었다. 뜬금없는 통성명에 당황한 최정훈은 잠시 말문이 막히고 말았다. 사람 좋은 얼굴로 그를 빤히 올려다보며 서연우가 고개를 갸웃했다.

"뭐 문제 있나요, 손님?"

"……."

가까이에서 본 새카만 눈동자는 사람보다 차라리 곰돌이 인형이나 강아지의 것처럼 순진무구하기만 했다. 적당히 곱슬곱슬한 검은 머리칼 때문에 더욱 그렇게 보였다. 하지만 어째서일까. 그걸 가만히 마주

보고 있자니 상당히 껄끄러운 기분이 들었다. 서연우가 아무것도 모르는 척하며 건넨 한마디에 묘한 뼈가 느껴져서 더욱 그랬다. 덕분에 최정훈은 미처 뭐라고 반응할 타이밍을 놓쳐버렸다. 그러는 사이 서연우는 제 뒤에 선 남자 쪽으로 돌아섰다.

"테이블 위에 태블릿을 올려 두고 담배를 피우러 가셨는데 밖에서 창 너머로 이분이 주변을 배회하는 걸 보셨고…… 돌아와 보니 없어졌단 말씀이시죠?"

"시간 낭비할 것 없이 저놈 짐부터 까보면 끝나는 일이잖아? 왜 자꾸 말꼬리를 늘여?"

남자는 골이 날 대로 난 듯 사납게 윽박질렀다. 하지만 서연우는 그것도 사람 좋은 미소로 간단히 일축해버렸다.

"일단은 대화로 해결하는 게 제일 좋지 않겠어요? 괜히 분란을 크게 만드는 것보다는요."

웃는 얼굴에 침 못 뱉는다고, 화를 내던 남자 역시 멈칫하는 게 느껴졌다. 순식간에 두 사내를 제압한 서연우는 다시 최정훈에게 돌아섰다.

"저쪽에 서서 메뉴판을 읽으시다가 화장실에 들어가기 전에 다시 자리로 돌아가셨죠? 혹시 테이블로 가셔서 뭘 하셨는지 여쭤봐도 괜찮을까요?"

　최정훈은 여전히 찜찜한 기분으로 사장의 말간 얼굴을 물끄러미 보았다. 눈을 정면으로 마주치는 순간에도 서연우에게서는 일말의 동요조차 보이지 않았다. 생각해보면 지금도 제법 말이 안 되는 상황이었다. 자신이 운영하는 카페에서 절도 의심 사건이 터진 데다 피해자라고 주장하는 놈은 험악하게 생겨서는 악을 쓰며 제 고집만 부렸다. 그런 상황에서 당황하지 않고 태연하게 대화를 주도해가는 것부터가 말이 안 되었다. 말간 얼굴에 시종일관 곤란하다는 미소를 드리우고 있지만 서연우라는 저 사장은 처음부터 끝까지 차분했다. 역시 기분 탓 따위가 아니었다. 이 애송이, 보통이 아니다. 결국 최정훈은 짧게 한숨을 내쉬며 순순히 답을 내어주었다.

　"……자리 정리. 물건을 그냥 올려놓고 나온 게 마음에 걸려서."

　"아, 그러고 보니 손님도 태블릿을 쓰지 않으셨어요? 손님이 앉아 계시던 자리는 제 쪽에서도 제법 잘 보였거든요."

　가만히 생각하던 서연우가 드디어 최정훈에게 도움이 될 만한 증언을 꺼냈다. 최정훈이 짜증을 섞은 어조로 대답했다.

"그랬지. 카페에 들어오자마자 태블릿부터 꺼냈다고. 급하게 처리해야 할 일이 생겨서."

"그러시다는데요?"

서연우가 남자 쪽을 향해 돌아보며 되물었다. 그러자 남자가 불량하게 툭 내뱉었다.

"그게 왜? 본인 태블릿이 있다고 해서 저 새끼가 도둑놈이 아니라고는 장담 못 하잖아. 태블릿이 한 대일지 훔친 내 것까지 해서 두 대일지 어떻게 알아?"

"잃어버린 태블릿 기종이 어떻게 되는데요? 이분이 가진 거랑 대조해서 확인해보면 어떨까요?"

서연우가 한 가지 제안을 내놓았다. 제법 유효한 방안이었다. 가방 안을 보여주는 건 별로 내키지 않았지만 태블릿이 한 대뿐이고, 그게 저자가 잃어버렸다는 것과 다른 기종이라는 사실만 확인하면 이 빌어먹을 오해도 풀릴 테니까. 하지만 상황은 호락호락하게 돌아가지 않았다. 남자가 최정훈을 바라보며 또박또박 말했다.

"D전자 L 모델 11인치."

최정훈은 순간 말문이 막혔다. 그가 선뜻 대답을 못하자 서연우가 고개를 갸웃했다.

"뭐 문제라도 있나요?"

한동안 뜸을 들이던 최정훈이 한숨을 섞으며 대답했다.

"……같은 모델인데."

서연우의 눈썹이 살짝 휘어졌다. 반면에 남자의 표정은 더욱 의기양양해졌다.

"그렇게 당당하면 가방 한번 까보라고. 태블릿도 열어보면 다 해결될 일이잖아."

"이봐, 당신, 억지 좀 그만 부려. 난 여기 들어오자마자 태블릿을 보고 있었다니까?

최정훈이 결국 짜증을 감추지 못하고 쏘아붙였다. 뜻하지 않은 시간 낭비에 점점 화가 났다. 좀처럼 결론이 날 것 같지 않은 분위기에 서연우가 다시 제안했다.

"그럼 손님이 태블릿 내용을 확인해주시면 어떨까요?"

"싫습니다."

최정훈이 딱 잘라 거절했다. 태블릿에는 온갖 수상쩍은 자료들이 들어 있었고, 그중 하나라도 바깥으로 내보였다가는 더 이상 절도가 문제가 아니게 될지도 몰랐다. 그러자 남자가 눈에 쌍심지를 켰다.

"켕기는 게 있어서 그러는 거 아냐?"

"켕기는 게 있든 없든 그쪽한테 그럴 권리 없어."

최정훈이 으르렁대자 남자가 불만스러운 얼굴을 하면서도 움찔했다. 아까 저 서연우에게는 통하지 않았던 위협이 이 덩치 큰 사내에게는 제법 먹힌 모양이었다. 두 사람이 실랑이하는 사이 서연우는 다시 고민에 빠졌다. 유순해 보이는 눈매 안에서 검은 눈동자가 데굴 구르는 꼴이 마치 누가 도둑놈인지를 판별하는 것보다 오늘 저녁거리를 뭘로 할지 고민하는 쪽에 더 가까워 보였다. 한참 만에 사장이 담백하게 툭 내뱉었다.

"그냥 경찰 부를까요?"

그때 유일하게 최정훈과 사내가 동일한 의견을 내보였다. 젊은 사장을 향해 진심이냐고 묻는 듯한 사나운 시선을 보낸 것이다. 두 사람의 눈빛을 어렵잖게 읽어낸 서연우가 어색하게 웃었다.

"뭐, 정 그러시다면야…… 사실 가게에 경찰이 오면 성가셔지는 건 저도 마찬가지니까요."

어쨌든 최정훈으로서는 다행이었다. 이 재수 없는 상황에서 약간 안도하던 최정훈은 바 테이블에 앉아 이쪽을 바라보는 노부인과 시선이 마주쳤다. 립스틱 바른 입술이 샐쭉 미소 지었다. 어쩐지 의미심장한 웃음에 최정훈이 의아해지려는 찰나 서연우가 가볍게 덧붙였다.

"그러면 어쩔 수 없이 이 지지부진한 수수께끼 놀이나 계속해야겠네요."

부드러운 눈동자가 어쩐지 즐거워하는 것처럼 보였다. 최정훈은 상황도 잊어버리고 멍하니 그의 얼굴을 보았다. 지금 보이기에는 상당히 비정상적인 반응이었다. 하지만 그 미묘한 장난기는 한순간 착각이었던 것처럼 금세 사라졌다.

"그래도 방법이 없으니 혹시 소지품을 보여주시는 것 정도는 괜찮을까요? 공평하게 두 분 다요."

"뭐? 나는 왜?"

"혹시 모르잖아요. 잃어버리셨다는 태블릿이 가방이나 주머니 같은 데에서 나올지. 그러면 문제가 더 빨리 해결될 테니까요. 그런 의미에서 협조해주시지 않겠어요?"

남자가 짜증스레 묻는 말에 서연우가 달래듯 이야기했다. 가방을 여는 것 정도는 최정훈도 감수하려 한 일이었다. 한숨을 푹 내쉰 최정훈은 먼저 가서 자신의 가방을 통째로 가지고 돌아왔다. 그제야 남자 역시 불평을 쏟아내던 입을 다물었다.

"미리 말해두겠지만 손대는 건 절대로 용납 안 합니다."

경고를 남긴 최정훈은 바 테이블 위에 물건들을 늘어놓았다. 훔친 거라 주장하는 문제의 태블릿 PC와 업무용 휴대폰과 평소 쓰는 개인용 휴대폰, 서류가 잔뜩 든 파일, 담배 한 갑, 라이터, 무선 이어폰. 별다를 건 없었다. 물론 내용을 까 본다면야 상황이 좀 달라지겠지만.

상대편 남자가 꺼낸 것들은 좀 더 단출했다. 휴대폰과 손바닥만 한 공책, 무선 이어폰, 담배, 라이터. 그게 전부였다. 증거품처럼 바 테이블에 나란히 놓인 물건들을 가만히 보던 서연우가 고개를 갸웃했다.

"휴대폰을 두 개 쓰시네요?"

"업무용."

"아하."

귀찮음이 뚝뚝 묻어나는 최정훈의 목소리에도 서연우는 간단히 고개를 끄덕였다.

"무슨 일 하시는데요?"

"그냥 프리랜서."

"손님은 직업이 어떻게 되세요?"

최정훈이 짧게 대꾸하자 서연우는 뒤이어 남자에

게도 질문했다.

"자영업. 그게 지금 무슨 상관이야?"

"하긴 그도 그러네요. 별로 상관없는 이야기였죠? 평일 낮에 혼자 카페에 오시는 남자 손님은 사실 잘 안 계셔서요."

남자가 신경질적으로 쏘아붙이자 서연우가 머쓱하게 고개를 끄덕였다. 짜증이 치솟은 사내가 버럭 외쳤다.

"이 애새끼, 아까부터 도대체 뭐 하자는 거야? 왜 자꾸 말이 길어져? 태블릿만 켜면 해결될 일이라고?"

하지만 서연우는 그의 불만을 딱 한마디로 일축해 버렸다.

"그럼 경찰 부를까요?"

순진무구한 얼굴로 묻는 서연우에게서는 어떤 악의도 느껴지지 않았다. 그래서 더더욱 거역할 수 없는 힘이 느껴졌다. 사내와 비슷한 짜증을 느끼던 최정훈 역시 목 끝까지 치솟던 불만을 꾸역꾸역 눌러 담았다. 그들이 협조적인 태도를 보일 준비가 되었다는 걸 확인한 서연우가 만족스럽게 고개를 끄덕였다.

"방금 생각났는데 배경 화면을 확인하는 것 정도는 괜찮지 않을까요? 굳이 열어볼 필요 없이 화면을 보면 저 손님 건지 아닌지 확인할 수 있잖아요.”

“미안하지만 난 늘 기본 화면으로 설정해둬. 그리고 저 아저씨라면 내가 훔치고 나서 태블릿을 초기화했기 때문에 기본 화면이 보인다고 주장할 것 같은데.”

최정훈이 턱짓으로 남자를 가리켰다. 정말로 그리 말할 생각이었던 건지 선수를 빼앗긴 남자가 곧 얼굴을 와락 구겼다.

“그러니까 열어 보이면 되잖아. 피차 피곤하게 왜 이래?”

“내가 아까도 말했을 텐데. 싫다고. 이건 내 물건이고 당신이 함부로 열어라 말아라 할 게 아니야.”

최정훈은 절대 물러서지 않았다. 다시 최정훈과 남자 사이에 몇 번이고 반복되던 신경전이 벌어지려던 찰나 서연우가 그들 사이에 몸을 끼워 넣었다.

“진정하세요. 혹시 태블릿에 비밀번호는 걸려 있었어요? 그러면 그리 빠르게 초기화할 수 없잖아요.”

“안 걸어뒀다고! 젠장, 아까부터 뭐 하는 짓이야? 왜 끼어들어서 일을 자꾸 질질 끌어?”

남자가 버럭 짜증을 터뜨렸다. 점점 말이 길어지니 초조해지는 듯했다. 그러나 서연우는 그의 항의를 들은 척도 하지 않고 다시 최정훈에게 시선을 주었다.

"혹시 태블릿에 비밀번호 걸어두셨어요?"

"어."

최정훈이 건성으로 대답했다. 그러자 서연우는 다시 턱을 짚으며 고민에 잠겼다. 아니 정확히는 고민에 잠기는 '척'하는 것처럼 보였다. 서연우가 입을 다물어버리자 카페는 정적에 잠겼다. 이 상황이 답답해서 최정훈은 죽을 것 같았다. 은근하게 흘러드는 재즈 음악이 신경에 거슬렸다. 바 테이블에 앉아서 이쪽을 바라보는 노부인의 시선 역시 신경 쓰였다. 뭐가 그렇게 재미있는지. 다른 구경꾼들이 하나둘 자리를 뜨는 와중에도 여전히 흥미롭다는 시선으로 지켜보고 있었다. 한참의 침묵 후 서연우가 고개를 들었다.

"손님, 잠깐만 저랑 이야기 좀 나누실까요?"

안경 너머의 동그란 눈이 최정훈을 똑바로 바라보고 있었다. 서연우는 자연스럽게 미소 지으면서 최정훈의 팔을 잡아끌었다.

"잠깐만 시간 좀 내주세요. 안쪽으로 와주시겠어요?"

"갑자기 그게 무슨 소리야?"

"괜찮아요, 괜찮아. 사모님, 잠깐 저 대신 자리 좀 지켜주실래요?"

황당하게 되묻는 최정훈의 한쪽 팔을 잡은 채 서연우가 노부인에게 부탁했다. 그녀가 기분 좋은 미소를 지으며 고개를 끄덕였다.

자신을 빼놓고 흘러가는 화제에 최정훈은 황당함을 금치 못했다. 하지만 서연우는 그를 붙잡은 손을 놓아주지 않았다. 카페 사장의 가느다란 팔쯤이야 쉽게 뿌리칠 수 있었지만 그도 여의치 않았다. 안쪽으로 좀 와보라는 말이 안 따라오면 혼자 들어가서 경찰을 불러오겠다는 뜻으로 들린 탓이었다.

"……젠장!"

결국 최정훈은 욕설을 짓씹으면서도 질질 끌려가다시피 주방 안쪽으로 들어갈 수밖에 없었다. 드디어 단둘이 되자 서연우는 그를 놓아주었다. 그리고 최정훈이 뭐라고 짜증을 터뜨리기도 전에 먼저 입을 열었다.

"저쪽에 작은 뒷문이 있거든요?"

"뭐?"

뜬금없는 말에 화낼 타이밍을 놓친 최정훈이 얼빠진 소리로 되물었다. 서연우는 들은 척도 하지 않고 제 할 말만 했다.

"저기로 조용히 나가서 카페 앞문으로 들어가보

세요."

"아니 그게 무슨……."

황당하게 중얼거리던 최정훈이 문득 입을 다물었다. 심유한 눈동자와 정면으로 시선을 마주친 탓이었다. 자신을 올려다보는 서연우의 낯에는 유순함과 더불어 자신의 지시가 틀리지 않았다는 강한 확신이 드리워 있었다.

"낭비할 시간 없잖아요. 빨리 가요."

약간의 조급함을 담아 재촉하는 목소리에 최정훈은 깨달았다. 서연우는 마음속에서 이미 나름의 결론을 내리고서 최정훈을 돕기로 마음먹었다. 서연우를 내려다보는 최정훈의 눈에 강한 갈등이 어렸다. 망설임은 그리 길지 않았다.

"쯧."

혀를 찬 최정훈은 가타부타 말하지 않고 몸을 빙글 돌려 서연우가 가리킨 뒷문 쪽으로 성큼성큼 걷기 시작했다. 그의 뒷모습을 보며 서연우는 그제야 안도의 미소를 지었다.

서연우의 말대로 뒷문은 곧장 바깥으로 통했다. 작은 골목으로 나간 최정훈은 빠르게 걸음을 옮겼다. 한 발 내디딜수록 머릿속이 복잡했다. 도무지 카페 사장의 의중을 읽을 수가 없던 탓이었다. 굳이 본인이 여기까지 나설 필요가 있었을까? 최정훈도 그렇고 상대방 남자도 그렇고 말이 잘 통할 것 같은 인상은 결코 아니었다. 게다가 두 사람 다 제법 험악하게 굴기도 했으니 경찰을 부르겠다 협박하기 전에 실제로 신고부터 했어야 정상이었다. 모퉁이를 돌아가는 최정훈의 걸음이 조금 빨라졌다. 빠앙, 경적을 울리며 난폭 운전 차량이 도로를 가로질렀다.

서연우는 멍청한 사람이 아니었다. 얼핏 순진하기만 한 녀석처럼 보였지만 그렇지 않다는 건 몇 마디 대화를 나누는 중 느꼈다. 순식간에 상황을 휘어잡은 서연우는 자신이 이 사태를 해결할 수 있다고 믿어 의심치 않는 것처럼 보였다. 최정훈의 걸음이 더욱 빨라졌다. 서연우는 일견 태블릿을 도둑맞았다는 남자의 항의를 해결해주려 애쓰는 것처럼 보였다. 하지만 그의 엉뚱한 질문은 양쪽 모두를 향해 있었다. 그것으로 짐작하건대 어쩌면 애초에 최정훈이 태블릿을 훔치지 않았다고 확신했을지도 몰랐다. 그러니까……서연우는 처음부터 최정훈을 도우려 하고 있었다. 그는 처음부터 뭔가를 봤을지도 몰랐다.

"에이, 씨. 진짜!"

전속력으로 달린 최정훈은 한 치의 망설임도 없이 문을 열어젖혔다. 콰아앙! 갑작스러운 소음에 손님들이 소스라쳐 비명을 질렀지만 그런 데 신경 쓸 여력은 없었다. 그와 공방을 펼치던 사내가 펄쩍 뛸 듯이 놀라며 뒤를 돌아보았다. 마치 도둑질을 하려다 들킨 사람처럼. 최정훈은 두 눈으로 똑똑히 보았다. 사내는 자신이 잃어버렸다는 태블릿이 아니라 옆에 놓아둔 파일 쪽으로 슬그머니 손을 뻗던 찰나였다.

"젠장!"

퍼뜩 정신을 차린 사내가 파일을 제 품에 쑤셔 넣고는 도망치려 자리를 박찼다. 그러나 최정훈이 더 빨랐다. 다른 쪽 문으로 돌진하려던 남자의 멱살을 와락 잡아챈 것이다.

"이 새끼……."

짜증 가득한 목소리가 최정훈의 목을 긁고 흘러나왔다. 다음 순간 최정훈은 거구의 사내를 번쩍 들어 올려 카페의 단단한 나무 테이블 위로 사정없이 메다꽂았다. 콰아앙! 세게 등을 부딪친 남자가 비명을 질렀다.

"커허어억!"

"좋은 말로 물을 때 말해. 누가 보냈어?"

사내가 버둥거렸지만 최정훈은 꿈쩍도 하지 않고 살벌하게 물었다. 카페 안에서 벌어진 소란을 들은 서연우가 안쪽에서 고개를 빼꼼 내밀었다.

"아무리 그래도 폭력 사태는 좀…… 뭐 부서지면 청구할 거예요."

이런 사태에도 그는 여전히 태연하기만 했다. 사내를 단단히 붙잡은 최정훈이 서연우를 곱지 않은 눈으로 흘겨보았다.

"너, 언제부터 알고 있었어?"

"그렇게 거창하게 말할 건 아니고…… 이쪽 손님의 목적이 영 불순해 보이셔서서요."

어색하게 미소 지은 서연우가 느긋한 걸음걸이로 두 사람에게 다가왔다. 최정훈에게 제압당해 꼼짝도 못 하게 된 남자가 새빨개진 눈을 흡뜨고 소리를 질렀다.

"빌어 처먹을 애새끼 주제에, 나중에 밖에서 만나면 가만 안 둘 줄 알아!"

"그건 제가 해야 할 말 같은데요, 손님."

서연우는 아랑곳하지 않고 손을 뻗어 남자가 훔친 서류를 갈무리했다.

"남의 가게에서 소란을 부리다니. 제 카페는 휴식

을 취하러 온 손님을 위한 공간이지 다른 사람 미행이나 하는 수상쩍은 사람한테 숨을 곳을 마련해주는 곳이 아니에요."

언짢게 대꾸한 서연우가 회수한 파일을 최정훈의 가방 쪽에 돌려놓았다. 이번에는 최정훈이 짜증스레 물었다.

"미행?"

"네, 손님이 들어오신 뒤에 몇 분 있다가 저 아저씨가 들어왔거든요."

"단지 그것만으로? 우연일 수도 있었잖아."

취조하듯 캐묻는 말이 불쾌했는지 서연우가 불만스레 대답했다.

"험악하게 생긴 남자 둘이 거의 비슷한 타이밍에 들어와선 따로따로 자리 잡고 앉는다는 게 그리 일반적인 상황은 아니죠."

그도 그렇긴 했다. 한순간 할 말을 잃어버린 최정훈이 입을 꾹 다물자 서연우가 투덜거리듯 대답했다.

"손님, 한참 동안 조셨죠? 그동안 저 아저씨가 미동도 안 하고 손님 쪽을 계속 노려보고 있더라고요. 가끔 휴대폰은 좀 만졌는데 누가 봐도 커피 마시면서 시간 때우러 온 사람은 아니었어요. 그러다 손님이 깨신 다음에 담배 피우러 나가더라고요.”

“그런 건 또 언제 본 거야?”

최정훈은 황당해졌다. 자신이 기억하는 한 서연우는 처음부터 끝까지 바 테이블에 있던 노부인과 수다를 떠느라 여념이 없었다. 그뿐이 아니라 이따금 손님을 응대하고 주문이 들어온 음료까지 만들어야 했다. 그런 와중에 수상한 남자의 행동거지까지 주시했다니 말도 안 되는 관찰력이었다.

“아니나 다를까, 다시 들어오자마자 이상한 소동을 일으켰네요. 그런데 무턱대고 한쪽 편을 들자니 제 눈에는 손님도 꽤 수상해 보여서. 진짜 태블릿을 훔쳤을지도 모른다는 생각을 아주 잠깐 했어요.”

내가 왜, 라는 멍청한 질문은 하지 않기로 했다. 최정훈은 일말의 양심이 있는 사람이었으니까.

“하지만 어째선지 저분이 태블릿을 되찾는 것보다는 그 안의 내용물을 확인하고 싶어 하는 것 같았거든요. 게다가 저 아저씨가 가지고 있던 이어폰은 태블릿이랑 썩 호환이 잘되는 모델도 아니었고.”

여기까지 말한 서연우가 살짝 미간을 구기며 고개를 갸웃했다.

“핸드폰이랑 무선 이어폰은 Y사 건데 태블릿만 D전

자라는 것도 좀 이상하잖아요. 물론 그렇게 섞어서 쓰는 사람도 있긴 하지만. 그런 와중에 태블릿 기종까지 정확히 알고 있었으니 역시 처음부터 손님의 뒤를 밟아 카페에 들어왔을 가능성이 커 보여서요. 그러니까……."

생각을 정리하려는 듯 잠깐 뜸을 들이던 그가 덧붙였다.

"태블릿 내용을 꼭 확인해야만 할 이유가 있는데 대놓고 훔치기에는 CCTV가 좀 걸리고. 그래서 생각해낸 게 도둑질 소동이 아니었을까요? 그 핑계로 태블릿 내용을 확인하려고 한 거죠. 나중에는 CCTV가 좌석 쪽을 제대로 비추지 않는다는 걸 알고 대범하게 행동한 걸 테고요. 태블릿은 비밀번호가 걸려 있으니 당장 확인하기 어려울 것 같아서 표적을 파일로 바꾼 거예요."

"그래서 일부러 날 현장에서 떼어 놓았다고? 혼자 남으면 제 목적대로 움직일 것 같아서?"

최정훈이 신경질적으로 묻는 말에 서연우가 머쓱하게 미소 지었다.

"한번 떠본 거죠. 손님 체격을 보아하니 무슨 일이 생겨도 늦기 전에 대응할 수 있을 것 같았거든요."

"……젠장!"

그때 이를 으득 악문 사내가 있는 힘을 다해 최정훈을 밀쳤다. 갑작스러운 발악에 최정훈이 그만 손을 놓친 찰나 그는 우당탕 자리를 박차고 카페 밖으로 뛰쳐나가버렸다. 길을 지나가던 사람이 놀라 짧게 비명을 지르는 게 쇼윈도 너머로 보였다. 사내의 뒷모습을 눈으로 좇던 서연우가 물었다.

"그냥 저대로 보내도 괜찮아요?"

"됐어. 뭐 하는 놈인지도 대충 짐작 가고."

최정훈이 딱 잘라 말했다. 서연우는 납득하기 어렵다는 얼굴이었지만 이내 고개를 끄덕였다.

"뭐…… 거기까지 제가 상관할 일은 아니니까요."

도둑도 없고 잃어버린 물건도 없다. 최정훈은 실질적으로 아무런 피해도 입지 않았으니 봉변당한 것은 수작을 부리려다 실패하고 괜히 메다꽂히기만 한 저 사내였다. 그러나 최정훈은 영 개운치 않았다. 그는 흐트러진 옷매무새를 고치며 서연우를 쏘아보았다.

"지금 와서 상관할 일이 아니라니. 처음부터 그쪽이 이렇게까지 개입할 일은 아니었던 것 같은데?"

"도와줘도 큰소리시네. 사람이 왜 이렇게 신경질적이에요? 일단은 고맙다는 말부터 하셔야 하는 거 아니에요?"

앞치마 주머니에 손을 푹 찔러 넣으며 서연우가 툴툴거렸다. 바 테이블에서 홀로 자리를 지키며 구경하던 노부인이 피식 웃음을 터뜨렸다.

"그냥 모르는 척하고 둘 다 내쫓아버리지 그랬어? 저 잘생긴 양반이야 곤란해지든 말든."

"그러기는 좀 찜찜하잖아요."

"재미있는 건수 잡았다고 신난 건 아니고?"

"에이, 설마요."

노부인이 장난스럽게 묻는 말에 서연우가 손사래를 쳤다. 소란이 벌어지는 통에 손님은 어느새 모두 빠져나가 은은한 재즈가 흐르는 카페에 남은 사람이라곤 서연우와 최정훈, 노부인뿐이었다. 마치 아까의 소동이 거짓말이었던 듯 어느새 카페에는 느긋한 공기가 돌아와 있었다. 문득 최정훈은 날을 잔뜩 세우는 자신이 멍청이처럼 느껴졌다. 따지고 보면 비몽사몽간에 미행조차 알아차리지 못한 자신이 모든 일의 원흉이었으니 도움받은 처지에 더 따지고 드는 것도 웃기는 노릇이었다. 쯧 혀를 찬 최정훈은 테이블 위에 늘어놓은 물건들을 대충 가방에 넣고 어깨에 짊어졌다.

"……실례했다. 간다."

"뭐야, 그냥 가시게요?"

서연우가 눈을 동그랗게 떴다.

"뒷정리는 하셔야죠."

"뭐?"

"저쪽 보세요."

서연우가 최정훈의 뒤쪽을 턱으로 가리켰다. 시선을 옮긴 그는 순식간에 엉망이 된 카페를 보고 잠시 할 말을 잃었다. 질서 정연하게 자리 잡고 있던 테이블과 의자가 엉망이 되어 있었다. 조금 전 남자를 제압하며 이것저것 따질 새도 없이 뒤집어엎은 결과였다.

"이상한 사람을 달고 카페에 들어와서 괜한 분란까지 만들었는데 뒷수습은 해주셔야 하지 않을까요? 덕분에 다른 손님들도 다 나가버리셨는데."

묘하게 차분한 와중, 웃음기를 머금은 목소리가 마치 최정훈을 놀리는 것 같았다. 얼어붙은 최정훈과 생글생글 미소 짓는 서연우를 번갈아 보던 노부인이 폭소를 터뜨렸다.

○

결국 최정훈은 서연우의 지시에 따라 테이블과 의자를 가지런하게 정렬한 뒤 얼떨결에 대걸레까지 건네받게 되었다. 노부인은 재미있는 구경을 했다며 만족스럽게 돌아간 뒤였다. 불만이 가득한 얼굴로 바닥을 싹싹 닦는 최정훈을 감시하던 서연우가 고개를 끄덕였다.

"그러니까…… 이혼 소송 중인 의뢰인의 상대 배우자가 보낸 사람이라고요?"

"아마 그럴걸."

평소라면 절대로 늘어놓지 않을 이야기였지만 지금 최정훈은 죄인이었다. 정신 빼놓고 다니다가 미행까지 달고서 카페에 들어와 오후 장사를 망쳐버린 대역죄인. 그래서 자초지종을 묻는 서연우에게 선선히 대답해줄 수밖에 없었다.

"태블릿이랑 그 파일에 증거가 들어 있을 거라고 생각했겠지. 살펴보고 본인에게 불리한 내용이 있다 싶으면 아예 망가뜨려버릴 속셈이었을걸. 실수인 척 커피를 쏟든 물에 빠뜨리든 해서. 어차피 백업이 남아 있었을 테지만."

아마 그쪽 의뢰인의 부탁이었을 것이다. 가만히 듣던 서연우가 애매하게 고개를 끄덕였다.

"아하…… 소매치기를 하거나 육탄전을 벌이기에는 호락호락해 보이지 않고 카페 안에는 CCTV가 있으니 머리를 그렇게 굴렸네요. 태블릿을 파손하고 돈으로 보상해주면 된다고 생각한 거겠죠."

"그렇겠지."

최정훈이 담백하게 긍정해주었다. 하필 들어온 게 서연우의 카페가 아니었다면 결말이 조금 달라졌을지도 몰랐다. 최정훈은 그 남자가 경쟁 업체 소속이라는 것조차 눈치채지 못했으니까.

"하시는 일은 흥신소 같은 거예요? 하긴 그런 직업이면 경찰이 꺼려질 만도 하겠네요."

"흥신소가 아니라 심부름센터. 뭐, 거기서 거기지."

다른 이유도 있긴 하지만 굳이 거기까지는 설명하지 않기로 했다. 대화가 잠시 끊어졌다. 서연우는 바닥에 남은 얼룩을 열심히 닦는 최정훈을 물끄러미 보다 다시 주방으로 들어갔다. 그의 손길에 잠시 멈춰 있던 커피 머신이 다시 움직이기 시작했다. 위이잉, 원두가 곱게 갈리는 기계 소리와 함께 카페 안에 진한 커피 향이 가득 채워졌다.

"그래도 나름 즐거웠어요. 색다른 경험이라."

손님 없는 카페에서 서연우가 장난스럽게 말했다. 맑은 얼음물을 한가득 담은 컵에 진한 커피가 끼얹어졌다. 최정훈은 멀뚱멀뚱 사장이 하는 행동을 물끄러미 바라보기만 했다. 긴 머들러를 꺼내 익숙한 손길로 커피를 잘 섞은 뒤 서연우는 최정훈에게 그것을 내밀었다. 방금 만든 아이스 아메리카노가 쇼윈도 너머로 비쳐 든 햇빛을 받아 반짝였다. 최정훈이 떨떠름하게 물었다.

"……뭔데?"

"바닥까지 닦아주신 값이요. 손님도 나름대로 곤혹스러우셨죠? 피곤하신 것 같았는데 얼른 들어가서 쉬세요."

서연우는 꽤 기분이 좋아 보였다. 차가운 커피와 서연우를 번갈아 보던 최정훈은 다소 충동적으로 물었다.

"너 뭐 하는 사람이야?"

뜬금없는 질문에 서연우는 멀뚱히 눈을 몇 번 깜빡이다 고개를 갸웃했다.

"카페 사장이죠? 남 일에 참견하기 좋아하는."

최정훈은 그만 입을 다물어버렸다. 그가 무슨 생각을 하는지 대충 짐작한 듯 서연우가 머쓱하게 운을 뗐다.

"딱히 다른 생각은 없어요. 참견하기 좋아하는 성격이라 그냥 평소처럼 오지랖 부렸을 뿐이에요. 음,

그러니까 굳이 말하자면……."

잠깐 말을 고르는 듯 뜸을 들이던 서연우가 싱긋 웃으며 덧붙였다.

"카페 손님에 대한 호의라고 하죠, 뭐."

"……호의라."

최정훈이 서연우의 말을 따라서 중얼거렸다. 분명 서연우는 최정훈과 그 남자가 풍기는 위험한 분위기를 읽어냈다. 그런데도 서슴없이 두 사람 사이에 끼어들어서 문제를 해결하려 들었다. 그 정도의 일을 보통 '호의'라고 부를 수 있을까. 그만 생각하기로 했다. 짧게 한숨을 내쉬고 커피를 받아 든 최정훈은 퉁명스럽게 물었다.

"호의를 베풀어줘서 고맙다고 해야 하나?"

씨익 웃은 서연우가 장난스럽게 맞받아쳤다.

"양심이 있으시면 그렇게 하셔야죠."

뭐라 더 대꾸하는 대신 최정훈은 아이스 아메리카노를 한 모금 크게 들이켰다. 쓸쓸하고도 시원한 향이 입안 가득 퍼졌다. 어쩐지 치부를 보인 것 같아 썩 유쾌하지 못했지만 아메리카노의 맛만큼은 훌륭했다. 그래서 좀 더 분해진 최정훈이었다.

　며칠 뒤 두 사람은 뜻밖의 장소에서 다시 조우했다. 서연우가 운영하는 곳이 아닌 또 다른 카페였다. 최정훈은 단골 의뢰인이 불러 약속 장소에 나왔다가 의뢰인의 맞은편에 앉은 서연우를 발견했다.

　서연우와 함께 있는 머리가 희끗하게 센 이 중년 남자가 오늘 만나기로 한 박정웅이었다. 사람 좋아 보이는 첫인상에서 퍼뜩 상상하기 쉽지 않지만, 그는 잘나가는 건축 회사의 사장이었다. 설마 서연우를 이곳에서 재회할 줄은 몰랐다. 동그란 눈을 크게 뜨고 이쪽을 응시하는 꼴을 보아하니 서연우 역시 전혀 예상하지 못한 눈치였다. 미처 자리에 앉지도 못하고 얼어붙어 있자니 박정웅이 둘의 기색을 의아하게 여기며 물었다.

　"뭐야, 다들 왜 그래?"

　"……그."

　한참 동안 얼빠진 채 서 있던 최정훈이 간신히 입을 열었다.

　"사장님, 아는 앱니까?"

　여전히 상황을 이해하지 못한 박정웅이 어리둥절하게 답했다.

　"아는 애고 자시고…… 내 조카인데. 왜? 혹시 안

면이 있는 사이인가?"

"글쎄요. 아는 사이라고 해야 하나 아니라고 해야 하나."

이번에는 서연우가 어색하게 웃으면서 뺨을 긁적이다 피식 웃음을 터뜨렸다.

"다시 만나서 반갑습니다, 최정훈 소장님. 어처구니없는 우연이지만. 성함은 큰아버지께 들었어요. 설마 그쪽이 나타날 줄은 꿈에도 몰랐지만."

"이걸 반갑다고 해야 하나? 어처구니없는 건 이쪽이 더 해."

썩 좋은 모양새도 아니었던 만남을 떠올리자니 자연스럽게 퉁명스러운 대꾸가 튀어나왔다. 하지만 이왕 이렇게 된 일, 어쩔 수 없었다. 최정훈은 한숨을 푹푹 내쉬며 자리에 앉았다. 테이블 위에 그의 몫으로 준비된 아이스 아메리카노가 있었다.

"설마 소개해줄 사람이……."

"맞아. 그런데 이미 안면이 있을 줄은 몰랐지."

박정웅이 잘 정돈된 머리를 긁적이자 서연우가 괜히 웃으며 농담을 던졌다.

"음, 별로 못 미더운데요. 꽤 둔한 사람 같던데."

"……시끄러워."

커피를 마시던 최정훈이 으르렁거렸다. 둘 사이에서 심상찮은 기류를 읽은 박정웅이 당황하며 물었다.

"뭐야, 진짜 무슨 일 있었어?"

"무슨 일이라면 일인데요. 카페에서 잠깐……."

특유의 선한 미소를 지으며 서연우가 장난스럽게 운을 뗐다. 쓸데없는 이야기가 흘러나올까 불안해진 최정훈이 재빨리 화제를 낚아챘다.

"죄송한데, 박 사장님, 바로 본론으로 들어가시죠. 오늘도 좀 바쁠 것 같아서요."

"뭐어. 그래. 그런데 본론을 꺼낼 사람은 내가 아니라 연우 쪽이야. 의뢰할 사람이 이 녀석이거든."

"예?"

최정훈이 되물으며 서연우를 보았다. 눈을 마주친 서연우가 어색하게 미소 지었다.

"그렇게 됐어요. 그러니 잘 부탁드려요."

"네가 일을 맡긴다고?"

이 질문에는 여러 가지 뜻이 담겨 있었지만 주된 의미는 하나였다. 카페에서 엉뚱한 일에 휘말리며 몸소 겪은바 서연우는 다른 사람에게 기대지 않고도 대부분 일을 스스로 해결할 수 있을 것처럼 보였다. 게다가 평화라는 단어를 커피 향에 녹여낸 듯한 카페를 운영하며 심부름센터라는 흉흉한 사무소에 의뢰할 일이 뭐가 있는지 의아했다. 자신의 작은 왕국에 녹아든 서연우에게는 일말의 구김살이나 그림자가 느껴지지 않았다. 최정훈의 생각을 아는지 모르는지 서연우는 담담하게 고개를 끄덕였다.

"혹시 사람 찾는 일도 하시나요?"

"아무래도 그게 전문이긴 한데. 돈 떼먹고 도망친 사람, 바람피우는 배우자, 애인…… 뭐, 그 정도."

최정훈이 떨떠름하게 대꾸하자 서연우가 희게 미소 지었다.

"잘됐네요. 그러면 좀 부탁드릴게요."

"쓰읍…… 좋아. 누굴 찾아줬으면 하는데?"

사실 거절할 길도 없었다. 박정웅은 큰 고객 중 하나였다. 그가 물어다 준 일거리를, 심지어 혈육인 서연우의 의뢰를 거절한다면 박정웅과의 거래 역시 끝날지도 몰랐다. 서연우는 잠깐 뜸을 들였다. 어디부터 설명해야 할지 고민하는 눈치였다. 최정훈은 굳이 재촉하지 않고 기다려주었다. 박정웅 역시 서연우가 직접 말할 수 있도록 끼어들지 않고 침묵을 지켰다. 얼마간의 시간이 흐르고 서연우가 담백하게 말했다.

"부모님이요."

"뭐?"

예상치 못한 한마디에 최정훈이 저도 모르게 놀란 목소리를 냈다. 안경 너머로 보이는 검은 눈동자는 한 치의 흔들림 없이 최정훈을 고스란히 담아내고 있었다. 서연우의 듣기 좋은 목소리가 천천히 이어졌다.

"아버지와 어머니가 동시에 실종되셨어요, 10여 년 전에. 소장님이 두 분을 찾는 일을 도와주셨으면 해요."

갑자기 목이 타는 느낌이 들어 최정훈은 앞에 놓인 찬 아메리카노를 들이켰다. 조금 유감스럽게도 언젠가 서연우의 카페에서 마신 커피보다 맛이 없었다.

○

"일 들어왔어."

김승태와 이성민이 출근하자마자 최정훈이 말했다. 두 사람이 막 가방을 내려놓기도 전이었다.

"박정웅 사장님이 소개해준 일이야. 정확히는 그 사장님 가족 일."

"엥? 그 아저씨가 가족이 있었어요? 이혼한 줄은 알고 있었는데."

이성민이 의아하게 물었다. 여전히 태블릿 화면을 들여다보며 최정훈은 막 출근한 두 직원에게는 시선조차 주지 않고 말을 이었다.

"사정이 좀 복잡한 모양이더라. 10년 전에 실종된 남동생 내외가 있는데 좀 찾아달라더군."

이번에는 김승태가 눈을 휘둥그레 떴다.

"아니, 이런 말 해도 되는지 모르겠지만 보통 10년쯤 연락 안 닿으면 죽었다고 생각하지 않아요? 갑자기 왜 찾는대요?"

"갑자기는 아니야. 사라진 직후부터 지금까지 계속 찾고 있다고 하니까."

최정훈의 손가락 끝에 걸린 흰 담배가 회색 연기를 은근하게 피워 올렸다. 최정훈은 거의 다 탄 담배를 재떨이에 비벼 끄며 간단하게 덧붙였다.

"실종자의 아들…… 그러니까 박정웅 사장님한테는 친조카지. 그쪽이 의뢰인이야. 양친이 실종된 직후부터 경찰로도 모자라서 흥신소까지 고용해봤는데 해결이 안 됐다더군. 그러다가 박정웅 사장님이 우리랑 연결해주신 거고."

갑자기 쏟아진 정보에 두 사람은 잠시 고장 난 것처럼 멀뚱히 눈만 깜빡였다. 그리고 드디어 머릿속에서 정보를 처리한 이성민이 저도 모르게 중얼거렸다.

"어이구야."

담배 냄새가 떠도는 좁은 사무실에 침묵이 흘렀다. 최정훈이 천천히 말을 이었다.

"부부가 차를 몰고 나가서 돌아오지 않았대. 실종된 두 사람은 친가랑 사이가 안 좋아서 거의 연을 끊은 상태였고 외가 쪽 친척은 아무도 없다더라. 그래서 경찰은 단순 가출쯤으로 받아들인 눈치더라고."

"그러니까…… 그 아들이 의뢰인이라는 거죠? 올해 몇 살인데요?"

김승태가 정신을 차리고 진지하게 물었다. 최정훈은 담배를 하나 더 꺼내 입에 물며 짧게 대구했다.

"스물여덟."

"그러면 열여덟 살 때 양친이 실종된 거네요. 이래저래 고생 많았겠네요."

안타깝다는 듯 중얼거리는 이성민의 목소리에 최정훈이 애매하게 고개를 기울였다.

"뭐…… 그래서 그런가. 꽤 독해 보이던데."

자연스럽게 서연우의 모습이 떠올랐다. 유순한 인상에 동그란 안경 너머로 보이는 유난히 새카만 눈동자가 꼭 강아지 같던 놈이었다. 딱 보기 좋게 곱슬곱슬한 머리칼도 그런 첫인상에 한몫했다. 그쯤 되면 얼굴도 제법 미형이라고 말할 수 있을 테고. 하지만 첫인상만큼 그저 순진하기만 한 녀석은 아니다. 머리 회전이 이상할 만큼 빠른 것 역시 제법 인상적이었다. 게다가 은근히 사람에게 장난을 걸거나 놀리는 것도 좋아하는 듯했다. 잠깐의 상념에서 벗어난 최정훈은 미리 책상 위에 올려 뒀던 파일을 두 사람에게 휙 던져주었다.

"각설하고, 지금 진행하는 일이 정리된 뒤에는 이건에 집중해. 제법 품이 많이 들 것 같으니까."

파일을 안정적으로 붙잡은 이성민과 김승태는 익숙하게 자료를 확인하기 시작했다.

"실종된 부친은 박정호, 모친은 서혜민. 박정호 씨의 양친이 서혜민 씨의 조건이 부족하다며 결혼을 극렬히 반대했고, 그걸 계기로 사이가 단단히 틀어졌다더군."

최정훈은 그들을 향해 무심하게 설명을 이었다.

"뒤에 아들인 의뢰인이 태어났지만 여전히 박정호 씨의 양친은 서혜민 씨를 달가워하지 않았고, 결국 연을 완전히 끊었어. 그래도 박정웅 사장님과는 계속 연락했대. 형제 사이는 꽤 좋았다나 봐. 부부 사이도 별 탈 없었고, 생활도 꽤 안정되었다더군. 그러다 의뢰인이 열여덟 살이 되던 해에 부부는 잠깐 외출한다면서 나갔다가 그대로 실종됐어.”

이야기를 들은 이성민이 살짝 인상을 찌푸렸다.

“그래서 아들인 의뢰인은요? 조부모가 거뒀대요?”

“아니. 그 뒤로도 나 몰라라 했대. 오히려 박정호가 어디 갔는지 당장 실토하라며 집요하게 괴롭혀대는 바람에 박 사장님이 중재에 나서야 했다더라. 성인이 될 때까지 생활비며 학비는 박 사장님이 대줬대. 조부모는 둘 다 몇 년 전에 타계했고.”

“아하…….”

여전히 서류에서 눈을 떼지 않으며 김승태가 애매하게 고개를 끄덕였다. 사무실 안에 침묵이 내려앉았다. 저마다 고민에 빠져든 탓이었다. 한참 만에 이성민이 다시 입을 열었다.

“보통 실종 5년이면 사망 처리되지 않습니까?”

“그렇게 하라고 권고하지. 의뢰인도 당장 방법이 없으니 그렇게 했다는 것 같긴 한데, 그 경우에 실종자가 돌아오면 사망 신고는 철회할 수 있으니까.”

최정훈이 후우, 한 번 숨을 뱉자 탁한 공기에 흐릿한 담배 연기가 한 겹 더 얹어졌다. 김승태가 쯧 혀를 차며 턱을 괴었다.

"경찰이 상대를 안 해준 것도 이해는 가네요. 친가와 그렇게까지 사이가 안 좋았다면…… 막말로 애 버리고 둘이서 도망쳤다고 해도 이상하지는 않으니까요."

"그나저나 10년 전에 없어진 사람인 데다 사망 처리까지 됐는데 이거 찾을 수 있긴 해요? 본인 명의로 뭘 할 수 있는 게 없잖아요."

이성민 역시 인상을 찌푸리며 덧붙였다. 사망자로 취급되면 그 순간 신분을 보장할 방법이 사라지는 것과 마찬가지였다. 본인 명의의 신용카드를 만들기도 거주지를 마련하기도 다 힘들었다. 물론 법망을 피할 방법이야 많지만 평생을 평범하게 살아온 이들이 쉽게 할 만한 일은 아니었다.

"막말로 해외로 도망쳤으면 우리가 찾을 방법은 없어요. 죽었는지 살았는지도 사실 잘 모르는 마당에. 의뢰인한테는 좀 미안한 말이지만 우리가 매달린다고 해봤자 뭐가 달라질 것 같진 않은데요?"

결국 거절하는 편이 낫지 않겠느냐는 뜻이었다. 김승태 역시 비슷한 의견인 듯 회의적인 눈빛이었다.

"성과 여부랑 상관없이 월급으로 지급한대. 꽤 많던데."

최정훈은 담배를 손가락에 걸며 짧게 내뱉었다.

"그럼 해야죠."

"당연히 해야죠."

이성민과 김승태의 태세가 돌변하기까지 일 초도 걸리지 않았다. 최정훈은 그들에게 노골적으로 한심하다는 눈길을 보냈다.

"돈에 미친 새끼들."

"돈 안 주면 우리가 소장님 밑에서 일을 왜 해요? 성질 더럽지, 까칠하지, 일 중독자……."

"1절만 해라."

이성민이 살벌한 목소리에 금세 꼬리를 내렸다. 최정훈은 쯧 혀를 차며 두 사람에게 파일 하나를 더 던져주었다. 툭. 테이블에 떨어진 파일을 주워 든 이성민이 의아하게 물었다.

"이건 뭔데요?"

"실종자들이 타고 나간 차량 정보. 그것부터 일단 추적해. 지금 있는 단서라고는 그것뿐이니까."

"예입."

두 사람에게서 건성으로 대답이 돌아왔다. 시끄러운 놈들이긴 해도 일단 일거리를 던져주면 제대로 하는 놈들이니 잡무는 당분간 신경 끄고 맡겨둬도 괜찮왔다.

"그나저나 중요한 의뢰인에 대한 정보가 빠졌는데요. 의뢰인은 어디 사는 누군데요?"

서류를 들여다보던 이성민이 문득 입을 열었다. 최정훈은 물고 있던 담배를 입에서 떼며 대꾸했다.

"이 근처에 있는 카페…… 이름이 '새벽'이었나?"

"갑자기 거긴 왜요? 이 녀석이랑 둘이 종종 가는데. 거기 커피 진짜 맛있잖아요. 디저트도 다 괜찮아요. 타르트나 와플 같은 것들."

최정훈이 그들에게 어이없는 시선을 보냈다.

"도대체 둘이서 얼마나 쏘다니는 거야?"

"맨날 우리만 떼어 놓고 일하러 돌아다니는 게 누군데요. 그런데 갑자기 그 카페는 왜요? 분위기도 좋고 느긋하게 앉아 있기도 좋긴 한데 딱히 소장님 취향은 아니지 않나?"

"소장님한테 취향이라는 게 있었어? 그냥 쓴 커피만 퍼마시면서 컵라면으로 살아가는 거 아니었던가?"

이성민과 김승태가 주거니 받거니 하며 낄낄거렸다. 가만히 듣기만 하던 최정훈이 짧게 한숨을 내쉬고 손을 슥 들었다. 잠시 후. 쾅! 묵직한 주먹이 책상을 때리는 소리에 둘은 조개처럼 입을 꾹 다물었다.

“거기 주인이 의뢰인이야. 박정웅 사장님 조카라더군.”

이성민과 김승태가 얼빠진 표정을 지었다. 그리고 동시에 멍청한 소리를 냈다.

“네? 아니, 잠깐만요. 아까 스물여덟 살이라고 하지 않았어요? 카페 주인이라면서요.”

이성민이 물었다. 그러자 뒤이어 김승태가 경악했다.

“잠깐만…… 설마 카페에 갈 때마다 있는 걔예요? 알바인 줄 알았는데 걔가 사장이었어요? 서연우 씨 말하는 거 맞죠?”

“이름까지 튼 거냐고.”

소장이 어이없이 중얼거리든 말든 이성민이 문득 생각났다는 듯 말했다.

“잠깐만, 박정웅 사장님 친조카라면서요. 성이 다르잖아요.”

“쯧, 아까 말했잖아. 뭐가 좀 복잡하다니까. 부모가 친가랑 연을 끊은 상태라서 모친 쪽 성을 따랐다더군. 지금 중요한 건 그게 아니잖아.”

의뢰인의 사생활에 필요 이상으로 관심 가지지 말라는 경고였다. 속뜻을 이해한 이성민과 김승태가 입을 다물자 최정훈이 쯧 혀를 차며 화제를 돌렸다.

"어쨌든 일이나 시작해. 당분간 새 의뢰는 받지 말고."

"네엡."

"어디부터 시작해야 하나. 좀 막막하긴 한데요."

김승태와 이성민이 툴툴거리는 소리를 흘려들으며 최정훈은 책상 위에 널브러진 자료를 대충 손으로 쓸어 모았다. 그러나 문득 손을 멈췄다. 제일 아래에 깔려 있던 파일에 익숙한 얼굴의 증명사진이 붙어 있었다. 김수호였다. 제법 두툼한 파일에는 직접 스크랩한 기사들과 경찰 조서 따위가 가득 들어차 있었다. 3년 전 기사였다. 대부분이 김수호가 범인으로 지목된 살인 사건에 대한 것들이었다. 최근 기사는 피의자 김모 씨(29세)로 명명된 김수호가 스스로 목숨을 끊은 채 발견되었다는 내용이었다. 어쩐지 기분이 언짢아졌다. 10년 전에 실종된 부모를 찾는다니 저 두 놈 말마따나 불가능에 가까운 일이었다. 하지만 수년 전에 죽은 놈의 결백을 밝히겠다며 경찰 조직에서 뛰쳐나와 제멋대로 설치는 그가 왈가왈부할 문제는 아니었다.

"쯧."

　언짢게 혀를 찬 최정훈은 파일을 정리해 넣었다. 쓸데없는 감상에 젖었다. 일단 의뢰를 받았으니 시키는 일을 하며 돈값을 해주면 되었다.

딸기 스무디

"아, 그 두 분. 기억나요."

한 손에 뜨거운 물이 가득 든 주전자를 든 서연우가 고개를 끄덕였다. 종종 이 카페에 오곤 한다는 김승태와 이성민을 언급했더니 돌아온 반응이었다.

"오실 때마다 디저트를 왕창 주문하셔서 기억나요. 커피 한 잔씩에 각자 케이크 두 개, 타르트 두 개를 드시는 게 인상 깊었어요.

"……달지도 않나?"

최정훈이 질린다는 목소리를 내자 서연우가 킥킥 웃음을 터뜨렸다.

"그래도 잘 드시면 좋은 일이죠."

기분 좋게 고개를 끄덕이는 서연우의 앞에서는 커피가 똑, 똑, 똑 일정한 소리를 내며 드리퍼 아래에 놓인 투명한 주전자에 천천히 모이고 있었다. 고소한 커피 향이 평일 오전, 손님 없는 카페를 솔솔 채웠다. 종이 필터 위에 보글보글 딱 알맞게 거품이 피어난 원두에서 기분 좋은 김이 올라왔다. 적당히 때가 되었을 때 서연우는 다시 원두 가루 위에 뜨거운 물을 부었다.

"디저트라도 좀 챙겨 드릴까요? 사무실 가서 두 분이랑 같이 드실 수 있게."

"너 그렇게 장사해서 남는 건 있냐?"

이미 최정훈의 앞에도 서연우가 공짜로 내어준 아이스 아메리카노와 케이크 한 조각이 놓여 있었다. 서연우는 주전자를 내려놓으며 담백하게 대답했다.

"괜찮아요. 단골이 꽤 계셔서 마진도 나쁘지 않고. 애초에 이 건물도 제 거거든요."

"뭐?"

턱을 괴고 있던 최정훈이 고개를 들었다.

"건물이 네 거라고? 세를 든 게 아니라?"

"네. 이 3층 건물 전부가 제 소유예요."

제 귀를 의심하며 최정훈이 되묻자 서연우가 한 번 더 말해주었다. 카페 '새벽'이 자리 잡은 곳은 3층 짜리 건물의 1층으로 2층과 3층에서도 다른 가게들 이 활발하게 영업 중이었다. 받는 세만 하더라도 혼자 사는 생활비로는 차고 넘칠 것이다. 배신감에 가득 찬 최정훈의 눈동자를 본 서연우가 말했다.

"소장님한테 줄 의뢰비가 어디서 나오겠어요?"

"이런 불공평한 세상 같으니."

어쩐지. 어지간한 자본이 있지 않고서야 젊은 나이에 이만한 카페를 소유하기는 힘든 일이었다. 이 건물이 그의 것이라면 충분히 이해할 수 있었다. 애초에 카페는 소일거리 정도일 테니까.

서연우는 막 내린 따끈한 커피를 자신의 잔에 옮겨 담았다. 조르륵, 뜨거운 커피가 옮겨지며 다시 한 번 은은한 향이 존재감을 발했다.

"그나저나 일주일밖에 안 됐으니까 딱히 뭐 알아내신 건 없을 텐데 오늘은 왜 오셨어요?"

"쯧. 몇 가지 물어보려고. 어차피 사무소도 이 근처니까. 통화보다는 직접 얼굴 보고 이야기하는 게 낫지 않을까 싶어서."

"저야 뭐 말 상대가 생기면 좋지만요."

가볍게 고개를 끄덕인 서연우가 바 테이블에 몸을 편하게 기댔다.

"뭐가 궁금하신데요?"

"별건 아니고. 자료 보완이나 좀 해달라고. 특히 실종 전후로 양친의 인간관계에 변화가 있었는지, 다른 문제는 없었는지…… 네가 넘겨준 자료에는 그쪽 언급이 없어서."

“아, 그거. 예전에 경찰한테도 잠깐 이야기했어요. 별로 귀담아듣지는 않았지만.”

서연우가 생각났다는 듯 말했다. 뭔가 있긴 있다는 뜻이었다. 최정훈은 아메리카노를 내려놓고 휴대폰을 켰다.

“녹음해도 되냐?”

“네, 상관없어요.”

휴대폰에 녹음이 실행되는 것을 확인한 서연우가 이내 기억을 더듬는 듯 흰 미간을 좁혔다.

“원래 사회 교류가 활발한 분들은 아니었어요. 친구도 별로 없었던 것 같고. 두 분 다 가족끼리 이곳저곳 다니는 걸 더 좋아하셨거든요.”

서연우가 사람을 좋아하는 것을 떠올리면 상당히 의외였다.

“그런데 실종 한 달쯤 전부터 자꾸 누가 찾아오더라고요. 일주일에 한 번꼴이었던 것 같아요.”

“누구였는데?”

“저도 잘 모르겠어요.”

살며시 미간을 찌푸린 서연우가 덧붙였다.

“본 적 없어요. 초인종을 누르면 항상 어머니나 아버지가 나가셨어요. 인터폰도 못 보게 하셨고.”

"평범한 지인은 아니었던 모양인데."

서연우가 고개를 끄덕였다.

"그렇죠? 몇 번 여쭤봤는데 그냥 친구라고만 이야기하시더라고요. 아무래도 거짓말 같았지만."

"경찰에도 이야기했었다고?"

"네, 그 사람이 누구였는지 찾아보려고 했는데 결국 실패했어요. 연락처 같은 건 당연히 남아 있지 않았고."

"뭐 하나 쉬운 게 없군."

최정훈의 앓는 소리에 서연우가 쓰게 웃었다.

"천천히 하세요. 워낙 옛날 일이니 쉽게 진전되지는 않을 테니까요."

"꼭 남 일처럼 이야기하네."

불만스럽게 투덜거린 최정훈은 휴대폰을 끄고 다시 주머니에 넣었다. 서연우가 머쓱하게 미소 지었다.

"오래된 일이니까 어쩔 수 없죠. 물론 옛날에는 간절했는데…… 지금은 포기하지 않는 게 최선이라고 해야 하나, 그래요."

자연스럽게 대화가 끊어졌다. 최정훈을 약간 비껴간 서연우의 시선은 느긋한 카페의 전경을 가만히 응시했다. 편안한 분위기를 만드는 간접 조명이 깃든 눈동자가 마치 얼음이 조금 녹은 아메리카노와 비슷한 빛을 머금었다. 그를 물끄러미 바라보던 최정훈이 지나가는 듯한 어조로 불쑥 물었다.

"혹시 이유라도 있냐?"

"네?"

먼 곳을 향했던 서연우의 눈길이 다시 최정훈에게 돌아왔다. 최정훈은 잠깐 주저하면서도 천천히 말을 이었다.

"계속해서 양친을 찾는 이유가 있냐고. 무의미한 일일지도 모르잖아."

이 건물 전체가 제 거라, 서연우는 그렇게 말했다. 아마 부모의 유산을 상속받았을 터였다. 박정호와 서혜민은 정말로 이미 숨을 거두었을 확률도 분명히 있었다. 아니면 끈덕지게 괴롭히는 조부모가 지긋지긋해져 아들이 어느 정도 장성하기를 기다렸다가 도망쳤는지도 모른다. 모든 것은 백부인 박정웅에게 맡겨버린 채로. 머리 회전이 빠른 서연우가 그 정도 가설도 세워보지 않았을 리 없었다. 얼핏 무례할 수도 있는 질문인데 서연우는 당장 역정을 내는 대신 팔짱을 끼고 고개를 갸웃했다.

"음, 글쎄요."

고민에 빠진 그 특유의 몸짓임을 이제 최정훈은 알아볼 수 있었다. 적어도 곤혹스러워하거나 약간은 불쾌해할지도 모르겠다고 짐작한 최정훈의 예상이 빗나간 반응이었다. 잠시 후 서연우가 픽 웃으며 담백하게 말했다.

"잘 모르겠어요. 자식이 부모를 찾는데 이유가 필요한가요. 혹시 모르잖아요. 정말로 그냥 훌쩍 떠나서 어딘가에 잘 살고 계신다면 다행이지만 만약 도움이 필요하신 상황이라면 그때는 움직일 사람이 저밖에 없을 테니까요."

이제는 최정훈이 입을 다물 차례였다. 서연우의 느긋한 목소리가 이어졌다.

"세상에 의미 없는 일이 뭐가 있겠어요. 어떤 식으로든 결과가 돌아올 거라고 생각해요."

"너무 낙관적인 거 아냐?"

"비관적인 것보다는 낫죠."

서연우가 장난스럽게 웃었다. 답도 안 보이는 일에 매달리기는 자신 역시 마찬가지니 더 이상 토를 달 자격은 없었다. 최정훈은 더 묻지 않고 남은 커피를 홀짝였다. 향긋하면서도 고소한 커피 맛이 감돌았다. 그리고 그가 때늦은 대꾸를 내어놓았다.

“그러면 좋겠다만.”

“뭐가요?”

“의미 없는 일이 없다는 거.”

심부름센터 소장의 눈은 방금 마시던 커피를 향하고 있었다. 서연우는 최정훈답지 않게 순순히 돌아온 대답의 근원이 카페가 아닌 다른 일에 있는 것을 알아차렸다. 서연우 역시 더 묻지 않고 딱 자신의 취향에 맞게 완성된 커피를 홀짝였다.

카페의 커다란 쇼윈도 밖은 이제 완전히 어둠에 잠겨 있었다. 가로등과 저녁 장사를 시작한 가게들이 인공적인 불을 밝혔다. 이 도시에 사는 사람에게는 익숙한 광경이었다. 일상적인 어둠을 틈타 한동안 카페 가까이 서 있던 경차 한 대가 시동을 걸고 골목을 빠져나갔다. 늘 그렇듯 조용하지 않지만 소란스럽지도 않은 저녁이었다. 조용히 있던 서연우가 짐짓 가볍게 말했다.

“다음에 직원분들이랑 오세요. 커피 한잔 정도는 그냥 드릴 수 있어요.”

“됐거든. 매일같이 사무실에서 보는 것만 해도 충분히 질려.”

최정훈이 남은 커피를 한꺼번에 입에 털어 넣었

다. 예상했던 대꾸인 듯 서연우는 어쩔 수 없다는 미소를 지었다.

하지만 며칠 뒤 최정훈은 뜻하지 않게 직원들과 함께 카페 '새벽'에 둘러앉아야만 했다. 심부름센터 사무실이 자리한 건물 전체에 전례 없는 정전이 발생했다.

○

"제가 언제든 오시라고 말씀드리긴 했지만요."

퀭한 얼굴로 테이블을 사이에 두고 머리를 맞댄 세 사람을 보며 서연우가 어색하게 중얼거렸다. 대부분의 경우, 서연우는 손님을 반겼다. 카페를 운영하며 그는 단골손님들과 가볍게 수다를 떨고, 신메뉴를 맛보여주고, 이따금 고민 상담을 나누는 것을 소일거리 삼았다. 손님이 없는 시간의 카페도 꽤 마음에 들지만 이왕이면 사람이 있는 편이 더 좋았다. 적적하지 않으니까. 그러나 지금 상황은 순수하게 반겨야 하는지 말아야 하는지 가볍게 고민이 될 수밖에 없었다. 평소라면 손님이 거의 없을 평일 오전 시간에 테이블을 차지하고 앉은 세 사람은 엄청난 존재감을 뿜냈다. 특히 양쪽에 직원을 끼고 일 더미에 치인 최정훈이 풍기는 흉흉한 기세가 그랬다. 제법 잘생긴 얼굴이었지만 최정훈은 말을 쉽게 붙이기 힘들 만큼 차가운 인상이었다. 특히 오늘은 한일자로 다문 입, 문서에 집중하느라 치켜 올라간 눈썹, 며칠 밤을 새웠는지 살짝 충혈된 눈에 날카로운 턱선과 콧날이 더욱 날카로워 보였다.

"……무서워서 다른 손님들 도망가는 거 아냐?"

"너 뭐라고 했냐?"

"아뇨, 아무것도."

최정훈이 까칠하게 되묻는 말에 서연우가 시치미를 떼고 손을 휘휘 내저었다. 최정훈의 맞은편에 앉은 이성민이 어색하게 웃었다.

"미안해요. 우리 소장님이 좀 무섭게 생겼죠?"

"야, 죽고 싶냐?"

"그래도 썩 나쁜 사람은 아니에요."

최정훈이 짜증스레 끼어들었지만 전혀 아랑곳하지 않고 김승태가 첨언했다. 두 직원을 곱지 않은 눈으로 쏘아보던 최정훈이 짧은 머리를 벅벅 긁으며 한숨을 푹 내쉬었다.

"미안하다. 오늘 하루만 자리 좀 빌리자."

"아니, 그건 상관없지만요. 무슨 일인데 이쪽으로

오셨어요? 다들 며칠 밤은 새운 것 같은 안색으로."

서연우의 말대로 세 사람은 몰골이 제법 볼만했다. 옷은 깔끔하게 차려입었지만 빨갛게 충혈된 눈과 피로가 뚝뚝 떨어지는 얼굴은 미처 숨기지 못했다. 마치 그 질문만을 기다렸다는 듯 김승태가 머쓱하게 뺨을 긁적였다.

"다른 일이 있어서 며칠 철야를 했는데 오늘 새벽에 돌아오니 건물 전기가 완전히 나가버렸더라고요. 고치는 데 일주일은 걸린대요."

"인터넷도 안 되고 냉난방기도 작동을 안 하는 바람에…… 그런 의미에서 죄송한데 노트북 충전 좀 해도 됩니까?"

뒤이어 이성민이 슬그머니 끼어들었다. 가장 한산할 평일 낮이고, 적어도 저녁 전까지는 손님이 없을 것이다.

"네, 괜찮아요. 커피라도 좀 더 드릴까요?"

"감사합니다. 그리고 디저트도 좀…… 당이 떨어져서. 나중에 한꺼번에 계산할게요."

"물론 소장님 카드로."

이성민이 초췌한 얼굴로 웃으며 부탁하는 말에 김승태가 잽싸게 말을 얹었다. 다시 종이에 코를 박고 있던 최정훈의 눈썹이 꿈틀거렸지만 신경 쓰는 사람은 아무도 없었다. 서연우가 싱긋 웃으며 제안했다.

"그러면 우리 카페에서 제일 비싼 메뉴로 갖다 드릴까요?"

"캬아, 역시 연우 씨. 센스가 있다니까."

번쩍 엄지를 치켜드는 김승태에게 장난스레 고개를 끄덕여준 서연우는 커피와 디저트를 준비하기 위해 주방으로 들어갔다. 최정훈은 서류에 꽂혀 있던 시선을 들어 멀어지는 서연우를 힐끗 곁눈질했다. 급할 것 하나 없이 여유롭게 움직이는 젊은 사장의 뒤로 느린 리듬의 재즈가 꼬리처럼 길게 뒤따랐다.

"야, 내기 하나 할까?"

소장이 뜬금없이 내뱉은 말에 두 직원이 퀭한 눈을 의아하게 떴다. 최정훈은 그들에게는 시선조차 주지 않고 무심하게, 하지만 서연우에게는 들리지 않도록 작게 말했다.

"저놈, 돈 안 받을걸."

묘한 확신에 찬 한마디에 이성민과 김승태는 멀뚱히 눈을 끔뻑였다. 처음 주문한 커피와 디저트는 이미 계산을 마쳤다. 자리를 잡고 앉은 지 한 시간 삼십 분이 다 되어가는 지금 케이크 접시는 비었고 세 사람

앞에 놓인 커피도 약간의 얼음물만을 남겨놓고 있었다. 아마 서연우는 테이블에 먹거리가 떨어졌다는 것을 알아보고 일부러 존재감을 드러냈을 터였다. 이성민이 씨익 웃으며 놀리듯 말했다.

"행동 패턴까지 꿰시고. 언제 그렇게까지 친해졌대요?"

"안 친하거든."

최정훈이 고개를 들고 까칠하게 대꾸했지만 뒤이어 김승태가 들은 척도 하지 않고 건성으로 대답했다.

"예예. 우리한테는 공사 구분 확실히 하라고 그렇게 잔소리하셨으니 어련히 알아서 하셨겠죠."

"이것들이 월급 꼬박꼬박 내줬더니 자꾸 기어오르네?"

"월급 안 주면 우리가 이 일을 왜 해요? 노동청에 신고합니다."

"백수 되고 싶으면 그렇게 해. 너네 같은 등신들을 나 아니면 누가 써?"

이성민까지 얄밉게 대꾸하자 최정훈이 짜증스레 쏘아붙였다. 피곤함에 찌들어 일에만 골몰하던 테이블에 한바탕 작은 소란이 벌어졌다. 사소한 것으로 시작된 다툼은 서연우가 예쁜 컵에 그득 채운 아이스 아메리카노 세 잔과 조각 케이크 세 개를 들고 돌아올 때까지 이어졌다.

○

저녁 9시 30분, 카페도 슬슬 마감 준비에 들어갈 무렵이었다. 산더미처럼 쌓인 빈 잔들을 치우며 서연우는 바 테이블로 자리를 옮긴 최정훈에게 말했다.

"소장님은 퇴근 안 하세요?"

"너무 오래 있었나?"

여전히 노트북 화면을 들여다보고 있던 최정훈이 어색하게 물었다.

"그게 아니라요. 직원분들은 이미 들어가셨잖아요. 소장님도 슬슬 퇴근해서 쉬셔야 하지 않나 하고."

"아직 조금 일이 남아서."

머쓱해진 최정훈은 서연우의 시선을 피해 다시 노트북으로 시선을 돌렸다.

"미안. 곧 해결할 수 있어. 너 퇴근할 때까지는 처리할 테니까 신경 쓰지 마."

서연우가 마뜩잖은 얼굴로 고개를 기울였다. 하지만 더 이상 참견하지는 않았다. 최정훈이 다시 일에 집중한 동안 잔잔하게 흐르던 음악이 꺼지고 정적이 찾아왔다. 이따금 서연우가 컵을 정리하는 소리만이 달그락달그락 배경 음악 대신 들려올 뿐이었다. 빛이 차례차례 꺼지고 바 테이블과 카운터, 주방을 비추는 간접 조명만이 남아 고즈넉함을 자아냈다. 노트북 화면에 코를 박고 있던 최정훈은 문득 다가오는 기척에 고개를 들었다. 퇴근 준비를 마친 서연우가 테이크아웃 잔 하나와 조각 케이크 상자를 들고 바로 옆에 서 있었다. 최정훈과 눈을 마주친 서연우가 미소 지었다.

"슬슬 퇴근하시죠, 소장님. 오늘 팔고 남은 건데 가져가서 드세요. 차는 서비스."

"……왜 이렇게 먹이는 데 진심인 거야, 넌."

그를 멀뚱히 보던 최정훈이 괜히 투덜거리자 서연우가 피식 웃음을 터뜨렸다.

"사람 참 삐딱하네. 그냥 솔직하게 고맙다고 말씀하셔도 되는데요."

최정훈은 굳이 대꾸하지 않고 노트북을 탁, 소리 나게 덮었다. 이미 너무 오랫동안 죽치고 있었으니 이만 돌아갈 생각이었다. 그런데 조금 서두르느라 덜 닫힌 가방 지퍼 사이에서 파일들이 와르르 쏟아지고 말았다.

"아."

두 사람의 입에서 똑같이 얼빠진 소리가 흘러나왔다. 서연우가 먼저 테이블 위에 차와 케이크를 내려두고는 허리를 숙여 바닥에 흩어진 서류를 갈무리하기 시작했다. 그제야 정신을 차린 최정훈이 자리에서 벌떡 일어났다.

"그냥 둬, 내가 할…….""

그를 만류하려던 최정훈이 멈칫했다. 젊은 사장의 시선이 파일 가장 깊은 곳에 있던 자료에 닿은 탓이었다. 자동차에 수장된 채 시신으로 발견된 살인범 김 모 씨. 그에 관한 성의 없는 인터넷 기사를 프린트해 둔 거였다. 다행히 서연우는 금세 관심을 잃고서는 흩어진 종이를 한데 모아 최정훈에게 건네주었다.

"여기요. 정리는 알아서 하시고."

"……어어."

최정훈이 파일을 감추듯이 가방에 쑥 집어넣었다. 서연우가 짐짓 아무 일도 없었던 것처럼 물었다.

"다 됐어요? 두고 가는 거 없어요?"

"잔소리하지 마. 됐으니 이대로 가면 돼."

"좋아요."

습관처럼 미소 지으며 고개를 끄덕인 서연우가 카

폐 안에 마지막으로 켜져 있던 조명 전원을 내렸다. 톡 소리와 함께 카페가 완전히 어둠에 잠겼다. 길었던 하루가 드디어 정리되는 순간이었다.

카페에서 나란히 나선 두 사람은 어둠에 잠긴 길을 따라 느릿느릿 걸었다. 시간은 10시경. 슬슬 인적이 뜸해질 때였다. 최정훈의 사무실로 향하는 어두운 골목. 창백한 가로등 불빛이 내려앉아 세상을 흑백으로 물들였다. 함께 걸으면서 두 사람 사이에 딱히 대화랄 것은 오가지 않았다. 불편하다거나 어색한 것이 아니라 이야기를 나눌 필요를 느끼지 못한 탓이었다.

저벅저벅 의미 없는 발소리가 달도 별도 뜨지 않는 도심의 밤거리에 새겨졌다. 최정훈은 며칠 밤샘의 여파로 닥친 몽롱함과 싸우고 있었다. 한쪽 손에 들린 따뜻한 차의 온기와 그 반대 손에 들린 가벼운 케이크 상자의 존재감이 이따금 낯설게 그를 현실로 끌어내렸다.

'그러고 보니⋯⋯.'

최정훈은 옆의 서연우를 힐끗 곁눈질했다. 서연우도 아무 생각 없이 멍한 얼굴로 걸음을 옮기고 있었다. 혼자 몇 시간이나 카페에서 손님들을 상대하며 진력을 뺀 탓이리라 짐작한 최정훈은 다시 시선을 정면으로 옮겼다.

'결국 돈 안 받았군.'

내기 이겼다, 새끼들아. 최정훈은 지금쯤 집에 돌아가 쭉 뻗어 있을 두 직원을 향해 중얼거렸다. 그때 서연우가 문득 입을 열었다.

"이거 사적인 질문이 될 수도 있는데요."

뜬금없는 말에 최정훈이 눈동자만 굴려 서연우를 보았다. 어느새 그는 최정훈을 향해 고개를 돌린 채였다.

"몇 년 전에 일어난 자재 기업 비서 살인 사건이요. 그쪽에 관심 많으신가 봐요?"

갑자기 피로가 확 달아나는 게 느껴졌다. 최정훈이 무심결에 걸음을 우뚝 멈추자 서연우도 그 자리에 섰다. 그다지 밝지 않은 가로등 아래에서 서연우가 머쓱하게 뺨을 긁적였다.

"미안해요. 딱히 엿보려던 건 아니었는데 아까 서류 줍다가 기사 헤드라인을 봐버려서요. 다른 건 안 봤으니까 걱정하지 마세요."

갑작스러운 물음에 최정훈은 한참 동안 입을 다물고 있었다. 그 침묵을 어떻게 받아들였는지 서연우가 변명처럼 말을 이었다.

"소장님도 아시잖아요. 저 참견하기 좋아하는 거. 별 내용도 아닌 기사를 스크랩해서 카페까지 들고 오신 걸 보면 많이 신경 쓰시는 것 같아서요. 개인적으로도 그 사건은 좀 관심 있기도 했고. 제가 신경 쓸 일 아니면 당연히 말 안 해주셔도 괜찮아요."

그답지 않게 눈동자를 내리깔았다가 다시 고개를 들며 최정훈의 눈치를 살폈다. 그걸 깨달은 최정훈은 곧 맥이 빠지고 말았다. 짧게 한숨을 내쉰 최정훈은 습관처럼 목덜미를 긁적이려다 곧 양손에 케이크와 차가 들려 있다는 것을 깨달았다.

"뭐, 그건 됐어. 그 사건 아냐?"

질책이나 짜증이 아닌 순순한 대답이 돌아오자 서연우는 몇 차례 눈을 깜빡였다. 최정훈은 제 기분이 상하지 않았다는 뜻으로 평소와 비슷하게 삐딱한 시선으로 쳐다봐주었다. 잠시 후 서연우가 천천히 고개를 끄덕였다.

"알죠. 범인이 도주 중이라면서 엄청 요란하게 보도됐잖아요. 사건 경위랑 같이. 3년 전쯤 일 아니에요? 범인이 자동차를 몰고 스스로 저수지에 뛰어들었다던."

서연우가 말하는 범인이란 김수호였다. 문득 귓가

에 억울하다며 악을 쓰던 김수호의 목소리가 쟁쟁히 들리는 것 같았다. 애써 그것을 무시하며 최정훈이 담백하게 대꾸했다.

"맞아."

짧은 긍정에서 어렵잖게 허락의 기미를 읽은 서연우가 좀 더 과감한 질문을 꺼내 들었다.

"의뢰는 아닌 거죠?"

"뭐, 그렇지. 좀 찜찜한 구석이 있어서 혼자 조사하는 것뿐이야."

최정훈은 먼저 걷기 시작했다. 부웅, 늦은 시간 골목을 가로지르는 소형차 한 대가 헤드라이트를 비추며 그들을 앞질러 갔다. 서연우는 종종걸음으로 최정훈의 뒤를 따랐다.

"찜찜한 구석이요?"

"거참, 끈질기네. 그냥 이래저래 석연찮은 게 있어서 그래."

더 이상 화제가 이어지지 않길 바라며 최정훈은 짜증스레 대답했다. 하지만 몇 걸음 떨어진 뒤에서 의외의 대답이 돌아왔다.

"그건 그래요. 저도 몇 가지가 걸려서 그때 올라온 기사들을 다 확인해봤거든요. 언론에는 사건이 어떻게 흘러갔는지 자세히 묘사되지 않았지만…… '자재 기업 비서 살인 사건'이라고 이름까지 붙은 주제에 너무 싱겁게 결론이 나버린 것 같아서요."

최정훈이 걸음을 멈췄다. 생각에 골똘히 빠진 서연우는 그것을 미처 알아차리지 못하고 말을 이었다.

"보도에 따르면 범인이란 사람과 피해자가 오랫동안 알고 지낸 것 같지 않았거든요. 그런데 범행 방식은 꽤 자극적이었잖아요. 칼로 몇 번이나 난도질했댔나? 게다가 현장도 피해자가 근무하던 회사였, 으악."

툭. 서연우는 등에 코를 박고 나서야 최정훈이 못 박힌 듯 그 자리에 서 있다는 것을 깨달았다. 어리둥절하게 고개를 갸웃하는데 몸을 빙글 돌린 최정훈이 성큼 가까이 다가왔다.

"자세히 말해봐."

"네?"

당황한 서연우가 저도 모르게 뒤로 물러섰다.

"와, 이렇게 보니까 소장님 얼굴 진짜 무섭게 생겼어요."

"얼굴 무서운 거 아니까 이야기나 제대로 해. 뭐가 이상하다고?"

초조한 마음에 최정훈이 냅다 윽박질렀다. 부웅,

또 차 한 대가 멈춰 선 두 사람 옆을 천천히 지나갔다. 얼떨떨하게 눈만 깜빡이던 서연우가 이내 고개를 천천히 끄덕였다.

"뭐어, 일개 카페 사장인 제가 이러니저러니 떠들 문제가 아니라고 생각하지만요. 일단 피해자랑 가해자의 관계가 묘하다고 생각했어요."

"어떻게?"

"그러니까…… 피해자는 기업 대표의 비서였고, 범인은 거기 경호업체 소속 경호원이었잖아요?"

서연우는 제 기억이 맞는지 확인하듯 의문형으로 말꼬리를 올리며 최정훈을 보았다. 최정훈이 고개를 작게 끄덕여주었다.

"음, 건설 자재를 제작하고 납품하는 회사에서 왜 경호원이 필요했는지 잘 모르겠지만요. 어쨌든 기간제 계약이었을 테고…… 딱히 오래 같이 일하지도 않을 텐데 사람을 죽일 만큼 원한을 쌓을 환경은 아니었을 것 같단 말이죠. 그전에 피해자랑 범인 사이에 일면식이 있었다면 모를까. 보도 내용을 보니 딱히 그것도 아닌 것 같았어요."

목이 조금 타는 것을 느끼며 최정훈은 초조한 마음으로 다음 말을 기다렸다. 서연우 특유의 차분한 목소리가 어두운 밤하늘 아래에 천천히 새겨졌다.

"그 기업과 경호업체가 계약을 맺은 게 범인과 피해자가 만난 계기였다면 일단 두 사람은 썩 가까운 사이는 아니었겠죠. 게다가 범인이라는 사람은 딱히 책임자 위치도 아니고 그저 사원일 뿐이었다면서요. 평범하게 생각하면 비서랑 따로 만날 이유는 전혀 없죠."

"그래서?"

"다시 살인 사건으로 돌아가서 피해자는 회사 내의 빈 사무실에서 난도질당한 채 발견됐다고 했죠?"

서연우가 살짝 눈살을 찌푸렸다.

"발견 시각은 사망한 지 몇 시간 지난 시점이었고. 그렇다는 건 그 사무실은 평소에 잘 사용하지 않는 공간이라는 뜻이겠죠. 누군가가 피해자를 거기까지 불러냈을 가능성이 높아요. 실제로 경찰도 그렇게 추측했잖아요?"

빈 사무실로 피해자를 불러낸 범인이 그를 살해하고 도주했다. 경찰이 내놓은 최종 사건 경위는 그랬다. 최정훈이 침묵으로 긍정하자 서연우가 말을 이었다.

"흉기는 범인의 집 근처 수풀에서 발견됐고, 현장 근처에는 범인이 신고 다니던 신발 족적이 남아 있었다고 했죠. 그 시점에서 이미 범인은 차량으로 도주 중이었잖아요? 그런데 굳이 집 근처에 흉기를 버렸다는 게 이상해요.”

말을 잇던 서연우가 고개를 비스듬히 기울였다.

“이왕 도망칠 거면 가지고 가거나 아니면 찾기 힘들게 어디 야산에라도 버리는 게 맞지 않아요?”

“그래서 무슨 말이 하고 싶은 거야?”

“상황이 좀 작위적이라는 거죠.”

짧게 대꾸하며 서연우는 다시 걷기 시작했다. 이번에는 자리를 바꿔 서연우가 몇 걸음 앞서가고 최정훈이 뒤에서 천천히 따라 움직였다.

“비즈니스 관계로 겨우 일면식만 익혔을 사이에 범인은 왜 그 비서를 죽여야 했을까요? 그것도 뉴스에 대대적으로 보도될 만큼 참혹하게요. 결국 범인이 자살한 채로 발견되면서 동기 부분은 흐지부지되어 버리기도 했고.”

깜빡, 깜빡, 수명이 다 되어가는 불빛이 위태롭게 흔들렸다.

“그리고 아까 말씀드린 대로 범인의 집 근처에서 발견된 흉기도 상당히 이상하죠. 범인이 피해자를 죽인 뒤 그 신발을 그대로 신고 집에 들렀다가 흉기를 아무 데나 버리고 자차를 몰고서 도망쳤다……는 말이잖아요."

지나가는 차의 헤드라이트가 한순간 서연우의 얼굴을 환하게 훑고 지나갔다.

"물론 이래저래 끼워 맞추면 말은 되겠지만 썩 자연스러운 상황은 아니에요. 사람을 죽인 뒤 굳이 흉기를 챙겨서 집 근처까지 갔다가 기껏 가져온 흉기를 그렇게 발견되기 쉬운 장소에 아무렇게나 버렸다는 부분이 특히요. 그리고 마지막. 사건이 발생한 지 2주 만에 범인이 저수지에 빠진 채 발견됐잖아요. 이것도 석연찮아요."

서연우의 넓지 않은 등을 보며 최정훈은 제 심장이 제멋대로 널뛰기 시작한 것을 느꼈다. 따스한 컵을 쥔 손에 축축하게 땀이 배어났다.

"그때 범인이 도주 중이라며 대대적으로 수배했었죠? 그런데도 목격자는 제대로 나오지 않았고. 그 말은 도망친 지 며칠 되지 않아 범인이 사망했을 가능성이 크단 건데…… 사람을 죽인 직후에 차를 몰고 도주한 것 치고는 너무 빨리 포기했어요. 뭐, 살인을 저지른 충격에 불안정한 상태였다면 극단적인 선택을 했어도 이상한 일은 아니긴 하지만요."

사무실 직원들을 제외하고 지금껏 김수호의 죽음

에 의문을 제기한 사람은 단 한 명도 없었다. 그런데 최정훈이 3년을 걸려 증명하려 애쓰던 가설을 지금 서연우는 너무도 평탄하게 입에 담고 있었다.

"그러니까…… 진범이 따로 있고, 그 경호원을 범인으로 몰아간 다음 자살로 위장해 살해한 사람이 있다는 쪽이 좀 더 이야기가 자연스럽지 않나요? 결국 동기도 덮이고, 범인이 사망한 채 발견되고선 수사도 그대로 종결되었으니까요."

거기까지 말하고 서연우가 뒤늦게 몰려드는 민망함에 어색하게 덧붙였다.

"하하, 허무맹랑한 소설 같은 이야기라. 그냥 제 추측일 뿐이에요. 귀담아듣지 마세요."

"아니."

불쑥 튀어나온 대답에 놀란 서연우가 눈을 동그랗게 뜨고 뒤를 돌아보았다.

"허무맹랑하지 않아. 그럴듯한 이야기야. 나는 그렇게 믿고 있어. 진범이 따로 있다고."

최정훈이 낮게 가라앉은 목소리로 말했다. 날 선 눈매에 검은 눈동자가 어렴풋한 빛을 품고 차갑게 반짝였다. 처음 보는 그의 모습에 한순간 말문이 막힌 서연우가 더듬더듬 물었다.

"그, 어째서요?"

"……하아."

당장 답을 내어주는 대신 최정훈은 채 삼키지 못한 한숨을 토했다. 김수호가 공중전화 수화기를 쥐고 악을 썼던 그때 이후로 3년, 자그마치 3년이었다. 이성민과 김승태마저 쓸데없는 고생을 사서 한다며 한 번씩 타박을 놓는 와중에 처음으로 그가 무죄일지도 모른다는 말을 꺼낸 사람이 나타났다. 서연우는 가만히 서서 최정훈의 다음 말을 기다렸다. 카페의 바 테이블에 앉아 있을 때 으레 그러듯 최정훈이 무슨 말을 꺼내도 진지하게 고개를 끄덕여줄 것 같은 모습이었다. 그래서일까, 최정훈은 반쯤 충동적으로 툭 내뱉고 말았다.

"그 범인이라는 놈. 내 어릴 적 친구였어."

서연우는 그대로 얼어붙었다. 경직된 그를 보며 최정훈은 짧게 후회했지만 이미 뱉은 말을 주워 담을 수는 없는 노릇이었다. 위태로운 가로등 불빛으로 물든 골목에 침묵이 흘렀다.

"잠깐…… 뭐라고요?"

"친구 놈이었다고. 범인으로 지목된 사람."

최정훈은 슬쩍 서연우의 시선을 피해 몸을 돌리며

되풀이해 말했다. 그가 성큼성큼 다시 걷기 시작하자 서연우는 서서 최정훈의 뒷모습을 보다 종종걸음을 쳐 따라잡았다. 조용한 골목에 새겨지는 발소리에 섞여 서연우가 혼잣말처럼 중얼거리는 목소리가 한숨처럼 섞였다.

"……그랬구나."

"너야말로 귀담아듣지 마. 사적인 일이니까."

서연우를 돌아보지 않고 최정훈이 담백하게 대꾸했다. 최정훈과 보폭을 맞춘 서연우가 짐짓 가벼운 어조로 덧붙였다.

"뭐어, 그래도 소장님이랑 의견이 같다는 건 반가운 일이네요."

"그건 또 무슨 소리야?"

"친분이 있더라도 소장님이 아무런 근거 없이 그분이 결백하다고 믿을 사람은 아니잖아요. 그러니까 제 가설도 어느 정도 설득력이 있다고 봐도 괜찮을 테니까요."

어느새 서연우는 평소와 크게 다르지 않은 그 특유의 여유가 느껴지는 목소리로 말했다. 덩달아 듣는 사람도 어깨에 잔뜩 들어간 힘을 빼게 만드는 음성이었다. 최정훈은 묵묵히 걷기만 했다. 곧이어 갈림길이 나타나고 서연우가 먼저 멈춰 섰다.

"전 이쪽으로 가볼게요. 조심해서 들어가세요."

서연우가 사람 좋게 미소 지으며 손을 살랑살랑 흔들었다.

"내일도 오실 거죠?"

"……미안. 건물에 전기 돌아올 때까지만 좀 부탁하자."

최정훈이 어색하게 대답하자 서연우가 씨익 웃었다.

"손님은 언제나 환영이죠. 그럼 내일 만나요."

묘한 여운이 깃든 인사를 남기고 서연우는 반대편 골목으로 멀어졌다. 한동안 그 뒷모습을 착잡하게 바라보자니 최정훈은 잠깐 잊고 있던 자괴감이 슬그머니 고개를 들었다. 자기 일에 서연우를 끌어들일 생각은 전혀 없었다. 머리가 좋은 만큼 눈치도 빠른 서연우는 최정훈이 원치 않는다는 것을 알면 굳이 적극적으로 끼어들지 않을 것이다. 자괴감의 근원은 바로 이 부분이었다. 사건에 대해 모르는 척해도 되었다. 서연우는 거짓말이라는 사실을 알아차리더라도 그냥 넘어갔을 게 분명했다. 그런데도 최정훈은 충동을 이기지 못해 쓸데없는 물음을 꺼냈다. 남다른 통찰력을 지닌 서연우가 이 사건에 대해 어떻게 생각하는지 궁금했다. 그리고 지금 최정훈은 노골적인 아쉬움을 느끼고 있었다. 서연우를 끌어들일 명분도 없고, 또 그래서는 안 된다는 걸 잘 아는 탓이었다. 잠깐 고민하던 최정훈은 미련을 털어버리기로 했다. 그는 무슨 일이 생겼다 하면 새벽 카페의 바 테이블로 달려가 푸념을 늘어놓을 수 있는 단골손님이 아니고, 또 그럴 만한 사안도 아니었다.

서연우가 저만치 멀어진 뒤에야 최정훈도 걸음을 돌렸다. 소형차 한 대가 느린 속도로 골목을 가로질러 옆을 지나갔다. 무심코 뒤를 돌아보았다. 어느새 서연우는 보이지 않았다. 방금 지나간 자동차가 탁한 불빛을 꼬리처럼 매달고 어둠 속으로 멀어지고 있었다.

최정훈은 한동안 못 박힌 것처럼 움직이지 않았다. 차갑게 가라앉은 시선이 텅 빈 골목의 끝에 닿았다. 몇 분을 그렇게 서 있었지만 더 이상 골목에는 지나가는 차도 사람도 보이지 않았다. 결국 시원치 않은 얼굴로 돌아설 수밖에 없었다.

○

다음 날도 세 사람은 카페의 구석진 자리에 둘러

앉아 머리를 쥐어뜯었다. 어째선지 전날보다 더 심해진 다크서클에 퀭한 눈동자를 보자니 연민이라는 감정이 슬그머니 고개를 들려고 했다. 세 사람의 빈 잔을 회수해 진한 아메리카노를 다시 채워주며 서연우가 지나가는 말처럼 물었다.

"며칠째 밤을 새웠다고 들었는데. 설마 어제도 안 주무셨어요? 뭐가 그렇게 바쁜 거예요?"

마치 약속이라도 한 것처럼 이성민과 김승태가 고개를 들고 서연우를 보았다.

"연우 씨…… 막 아무한테나 공짜로 퍼주고 그러시면 안 돼요……."

이성민이 서럽게 중얼거리는 말에 의아해진 서연우가 고개를 갸웃했다. 그러자 김승태 역시 비장하게 덧붙였다.

"그래도 저희가 먹은 값은 꼭 하겠습니다. 그냥 얻어먹고 있지만은 않을 테니 기대하시라고요."

당연히 이들 사이에 벌어진 소소한 내기를 알 리 없는 서연우는 어리둥절할 뿐이었다. 서연우가 답을 구하기 위해 최정훈 쪽을 보자 소장은 여전히 일에 몰두한 채 입을 열었다.

"그래도 디저트값 정도는 했어. 어떻게든 실마리

는 찾을 것 같단 말이지. 야, 이성민, 다녀와.”

이성민이 번쩍 고개를 들었다.

“네? 저요?”

마침 울리는 휴대폰을 확인한 최정훈이 덧붙였다.

“아, 김승태, 너도 다녀와. 목적지 다르니까 차는 따로 가지고 가고.”

그는 방금 받은 메시지를 두 사람에게 전달해주었다. 내용을 확인한 김승태와 이성민은 구시렁거리며 몸을 일으켰다. 최정훈이 다시 지시했다.

“확인한 뒤에 바로 퇴근해.”

“되게 선심 쓰듯 말하시네. 어차피 밤 전에 못 돌아올 게 뻔한데. 연우 씨, 커피는 텀블러에 좀 담아 갈게요.”

반 이상 남은 아메리카노를 야무지게 챙긴 이성민이 한발 먼저 카페에서 나갔다. 뒤이어 마지막으로 태블릿 화면을 몇 차례 확인한 김승태 역시 서연우에게 고개를 꾸벅 숙여 인사하곤 자리를 벗어났다.

“고생 많으시네요.”

서연우가 잠깐 그 뒷모습을 눈으로 좇는데 최정훈이 제 옆자리 의자를 뒤로 빼주며 말했다.

“너도 잠깐 앉아봐.”

서연우가 의아해진 와중에도 자리에 앉자 최정훈은 노트북을 돌려 그에게 보여주었다. 오래된 모델의 흰 SUV 차량 사진이 화면을 가득 채우고 있었다. 그게 뭔지 어렵잖게 알아본 서연우의 입에서 짧게 탄성이 터졌다.

"아버지가 몰던 차네요."

"맞아. 몇 년 전에 단종됐는데 중고차 매물로 거래된 적 있는지 알아보는 중이야. 어쩌면 그쪽에 흔적이 남았을 가능성도 있으니까."

고개를 끄덕여 보이며 최정훈이 말을 이었다.

"일단 서울, 그리고 네 아버지 차가 마지막으로 목격됐다는 도로를 따라서 갈 만한 지역들 위주로 뒤지고 있어. 워낙 오래된 일이라 큰 수확은 기대 못 하겠지만……."

최정훈은 다시 노트북을 자신 쪽으로 돌려놓았다.

"차량 번호랑 차 모델을 정확히 알고 있으니 중고시장에 흔적이 남았다면 찾아내기 그리 까다롭지는 않을 거라고 생각했는데…… 아직은 수확이 전혀 없어. 중고차 보험 이력도 없고, 매물로 나온 기록은 더더욱 없고."

"말 그대로 증발하듯 사라졌다는 거네요."

“좀 더 알아보긴 하겠지만 차를 버리고 해외로 나
갔을 경우도 생각해야겠지.”

서연우가 살짝 눈썹을 휘며 고개를 기울였다. 고
민에 빠졌을 때 으레 나오는 움직임이었다. 그리고 잠
시 후 입을 열었다.

“어쩔 수 없는 일이죠. 하지만 그러지 않았을 가능
성도 있다는 거죠?”

마치 남 일을 말하는 것처럼 평탄한 어조였다. 그
게 어쩐지 거슬려 최정훈이 곱지 않은 시선을 보냈다.

“좀 과하게 침착한 거 아냐?”

“그렇다고 엉엉 울 수는 없잖아요. 10년도 더 된
일인데. 아직 할 수 있는 일이 남았다면 일단 시도는
해봐야죠.”

늘 그렇듯 서연우가 느긋하게 대답했다. 그를 마
뜩잖게 바라보던 최정훈이 턱을 괴며 투덜거렸다.

“포기 안 하고 매달리는 거에 비해서는 제법 초연
한데.”

서연우는 팔짱을 끼며 의자에 등을 툭 기댔다.

“소장님이 뭘 모르시네. 뭐든 해본다는 건 자기 자
신에게 건네주는 면죄부라구요. 당장 어떤 결과가 나
오지 않는다더라도 일단 뭔가 시도는 하고 있으니 그

걸로 위안을 삼는 거죠.”

더 대꾸하려던 최정훈이 입을 다물었다. 그에게서 눈을 돌린 서연우는 아직 손님들이 몰려오기 전의 한산한 카페를 향해 무의미한 시선을 던졌다. 스며드는 햇빛을 받은 눈동자가 유리알처럼 금색으로 반짝였다. 평탄한 음성이 이어졌다.

“그래도 뭐든 손에 잡히긴 했으면 좋겠고, 사람 마음이라는 게 원래 그런 거 아니겠어요? 쓸데없이 돈 들이지 말고 나 혼자 잘 먹고 잘살면 그만이라고 한 번씩 큰아버지도 말씀하시긴 하지만요.”

서연우는 다시 최정훈을 보았다. 한순간 스쳤던 쓸쓸함은 어디론가 사라지고 그는 장난기를 섞어 손을 휘휘 내저었다.

“무의미한 일은 없으니까요. 어떻게든 결말이 나겠죠.”

대꾸할 말을 찾지 못해 뜸을 들이던 최정훈이 괜히 퉁명스레 말했다.

“알았으니 커피나 한 잔 더 줘.”

“저도 커피를 좋아하긴 하는데 소장님은 그러다 카페인 때문에 위장에 구멍 뚫릴 것 같아요. 과일 스무디나 마셔요.”

자연스레 날아든 타박에 최정훈이 움찔했다. 자리에서 일어난 서연우는 주방으로 들어가 샷을 내리는 대신 냉장고에서 딸기를 잔뜩 꺼냈다. 그리고 딱 사분 후 최정훈의 앞에는 예쁜 분홍색의 딸기 스무디가 놓였다. 보는 것만으로도 새콤달콤한 맛이 느껴졌다. 최정훈이 그것을 꺼림칙하게 보는데, 서연우가 젖은 손을 앞치마에 문질러 닦으며 잔소리를 덧붙였다.

"그거 드시고 이따가 나가서 식사도 하고 오세요. 생각해보니 어제도 여기에서 계속 빵이랑 샌드위치로 식사 때우셨잖아요."

"귀찮아."

"소장님이 어린애예요? 자꾸 그러시면 내쫓아버릴 거예요."

소심하게 반항해봤지만 씨알도 먹히지 않았다. 서연우의 단호한 대꾸에 최정훈은 끙 앓는 소리를 내며 딸기 스무디를 마셨다. 빨대를 깨물자 새콤하고 단 딸기 맛이 입안 가득 퍼졌다. 그제야 서연우는 만족스러운 미소를 띠었다.

결국 한 시간 뒤 최정훈은 서연우의 등쌀에 늦은 점심을 해결하기 위해 한낮의 거리로 나섰다. 편의점도 안 되고 밀가루도 안 된다는 엄중한 경고는 덤이었다. 근처 식당에서 식사를 해결한 뒤 다시 카페를 향해 터덜터덜 걸었다. 어젯밤 서연우와 함께 걸었던 길을 그대로 되짚던 최정훈은 굉장히 오랜만에 제대로 된 햇빛을 받고 있다는 것을 깨달았다. 썩 나쁘지 않았다. 서연우의 잔소리 덕분인 것은 다소 유감스러웠지만. 멀리 붉은 벽돌로 멋들어지게 꾸민 외벽과 앤티크 스타일의 간판에 한글로 단순하게 '새벽'이라고 쓰인 글씨가 눈에 들어왔다. 최정훈은 문득 카페 옆에 서 있는 익숙한 차 한 대를 발견했다. 자연스레 걸음이 그 자리에 멈췄다.

'뭐지?'

잠깐 기억을 더듬던 최정훈은 곧 처음 보는 남자가 비틀대며 카페에 들어가는 것을 발견했다. 어쩐지 불길한 예감이 들었다. 인상을 구긴 최정훈은 서둘러 걷기 시작했다. 급해진 걸음은 카페에 가까워질수록 거의 뜀박질처럼 바뀌었다. 주차된 차량을 가까이에서 본 직후 불안감의 원인이 명확해졌다. 지난밤 서연우와 함께 걸을 때 몇 번이나 옆을 지나쳤던 차였다.

콰앙! 카페 문을 거칠게 열어젖힌 최정훈이 미처 눈으로 상황을 확인하기도 전에 고함 소리가 터져 나왔다.

“이 망할 새끼, 남의 인생을 망쳐놓고도 잘 먹고 잘살아?”

익숙한 커피 향과 함께 비일상적인 광경이 시야에 들어왔다. 카페 안은 최정훈이 상정했던 것보다도 더 아수라장이었다. 놀란 손님들이 전부 자리에서 벌떡 일어나 있었고, 수염이 제멋대로 자란 데다 셔츠 단추까지 엉망으로 꿴 남루한 차림의 남자가 카페 한가운데에서 난동을 부리고 있었다.

“이런 데서 가게 차려놓고 호의호식하니 좋냐? 좋아?”

서연우는 덩치 큰 남자에게 속수무책으로 멱살이 붙잡힌 채였다. 그것을 발견한 최정훈의 얼굴이 사정없이 일그러졌다.

“아저씨, 말로 하세요, 말로!”

“경찰 좀 불러주세요!”

몇몇 손님들이 그의 허리와 팔을 부여잡고 있었다. 하지만 죽기 살기로 덤벼드는 건장한 사내를 말리기란 쉬운 일이 아니었다. 이런 와중에도 서연우는 그를 달래려 차분하게 말을 건넸다.

“잠깐만, 진정하세요. 일단 놓으시고…….”

“놓긴 뭘 놔, 이 개자식아! 내가 누구 때문에 이렇

게 됐는데! 어? 아냐? 아냐고!"

서연우의 시도는 오히려 역효과만 불러온 모양이었다.

"이 망할 애새끼, 남 등쳐 먹은 돈으로 잘 먹고 잘 살았다 이거지? 좋아, 오늘 너 죽이고 나도 죽는다."

결국 사내는 말리는 손님들을 떨쳐내고 주먹을 치켜들었다. 지켜보던 손님들의 입에서 비명이 터져 나왔고, 서연우 역시 반사적으로 눈을 질끈 감았다. 그러나 주먹이 그를 내려치기 직전 강한 손아귀가 손목을 덥석 잡아챘다.

"그 손 떼라. 팔 부러지기 싫으면."

뒤이어 음산한 경고가 남자의 귓전을 파고들었다. 무심코 뒤를 돌아본 남자는 싸늘하게 식은 한 쌍의 눈동자와 눈이 마주쳤다. 저도 모르게 얼어붙었던 사내가 이내 자존심이 상한 듯 얼굴을 구겼다.

"당, 당신은 또 뭐야! 이거 안 놔?"

남자가 팔을 빼내려 했지만 최정훈은 전혀 미동도 하지 않았다.

"그건 내가 묻고 싶은 말인데. 당신 누군데 남의 가게에서 행패야?"

힘줄이 불뚝 선 소장의 굵은 팔뚝을 본 사내의 얼

굴이 창백해졌다. 힘을 과하게 썼는지 허공에서 붙들린 주먹이 파들파들 떨리기 시작했다. 힘겨루기에서 최정훈을 이기기는 불가능했다.

"손 떼라고 말했을 텐데. 난 분명 경고했다."

싸늘하게 말한 최정훈은 그를 붙잡은 손에 힘을 꽉 주었다. 그제야 남자는 짧게 비명을 지르며 서연우를 놓아주었다. 억센 손아귀에서 풀려난 서연우가 비틀대며 간신히 뒤로 물러섰다. 서연우가 충분히 안전거리를 확보한 것을 확인한 최정훈은 더 이상 망설이지 않고 남자의 팔을 꺾어 간단히 제압했다. 우두둑! 살벌한 소리와 함께 비명 소리가 터졌다.

"아아아악! 아아악! 잠깐, 잠깐만! 아아악!"

"사람이 문제가 있으면 말로 해결해야 할 거 아냐. 무식하게 주먹부터 휘두르지 말고."

남자에게 쏘아붙인 최정훈은 버둥대는 그를 한 손으로 단단히 붙잡고 서연우를 보았다.

"야, 괜찮냐? 다친 데는 없어?"

"네? 아, 네…… 괜찮아요. 감사합니다."

서연우가 얼떨떨하게 고개를 끄덕였다. 최정훈은 그 대답에도 안심하지 못하고 아래위로 꼼꼼히 훑어보았다.

마구잡이로 멱살을 잡히는 바람에 목이 빨갛게 부었지만 크게 다친 곳은 보이지 않았다. 그제야 마음을 놓은 최정훈이 짧게 물었다.

"이거 아는 놈이야?"

"놔, 놓으라고! 아아악!"

사내는 여전히 붙잡힌 채 갓 낚아 올린 생선처럼 몸을 비틀어 대고 있었다. 목에 핏대를 세우며 소란을 피우는 그의 옆얼굴을 멍하니 보던 서연우가 침착하게 대답했다.

"아뇨…… 처음 보는 사람이에요."

"쯧, 어젯밤에 알아차렸어야 하는데."

최정훈이 짜증스럽게 투덜거렸다. 사람이 많이 다니는 대낮에 카페에 쳐들어오는 멍청한 놈이라 다행이지 집에 혼자 돌아간 서연우에게 해코지하려 했다면 정말 큰일이 벌어졌을지도 몰랐다.

"어젯밤이요?"

"귀갓길에 몇 번이고 같은 차가 옆을 지나치더라고. 단순히 우연이라고 생각했는데…… 아무래도 널 미행했던 모양이군. 어제부터 따라다니면서 상황을 살핀 거야."

"미행이요?"

서연우가 눈을 크게 떴다.

"알고 있었어?"

"아니, 그럴 리가요……."

최정훈의 짧은 물음에 서연우가 고개를 내저었다. 그동안에도 남자는 허공에 악을 쓰며 버둥대고 있었다.

"혼자 잘 먹고 잘살면 그만이냐? 어?! 그만이냐고! 이거 안 놔? 고소할 거야!"

"미친놈 아냐, 이거? 지금 감방에 들어가야 할 놈이 누군데. 다짜고짜 쳐들어와서 사람 치려고 한 거 여기 있는 손님들 다 봤어."

"놔! 놔! 이 개새끼, 남 인생 망쳐놓고는 돼지처럼 호강하는 개새끼의 자식!"

남자는 최정훈이 윽박지르는 소리도 들리지 않는 듯했다. 그렇게 실랑이를 벌이는 사이 카페 밖에 경찰차가 도착했다. 소동이 커지자 손님 중 누군가가 경찰을 부른 모양이었다. 출동한 경찰의 손에 질질 끌려 나가면서도 남자는 난동을 멈추지 않았다. 핏발 선 눈동자는 처음부터 끝까지 서연우를 똑바로 노려보고 있었다.

"너, 내가 언젠가는 없애버릴 거야. 알겠어? 알겠냐고!"

단말마 같은 비명을 끝으로 그는 카페 밖으로 연행되었다. 서연우는 멍한 얼굴로 경찰차에 실려 떠나는 그의 뒷모습을 눈으로 좇았다. 마치 한바탕 폭풍이 휩쓸고 간 것 같았다. 어색하게 서 있던 손님들은 하나둘 자리로 돌아갔다. 남자를 말리려던 이들은 서연우를 걱정스레 바라보다가 한두 마디씩 위로의 말을 건넸다. 서연우는 경찰차가 떠난 자리를 멍하니 응시하고 있었다. 흐트러진 옷매무새를 정리할 생각조차 못 했다. 최정훈은 신경질적으로 머리를 긁적인 뒤 서연우의 팔을 잡았다.

"일단 앉아."

"네? 아, 네……."

서연우는 멍하니 대답하며 그가 이끄는 대로 자리에 앉았다. 침착한 척하지만 적지 않게 놀랐는지 얼굴이 창백하게 질려 있었다. 최정훈은 주방에서 빈 컵을 찾아 차가운 물을 가득 담아 돌아왔다.

"야, 괜찮냐? 저놈 뭐야? 모르는 사이 맞아?"

찬물을 건네주며 최정훈이 물었다. 얼마간 뜸을 들이던 서연우가 느릿느릿 대답했다.

"……일단은 모르는 사이긴 한데."

서연우가 무심코 컵을 양손으로 쥐었다. 딱히 물

을 마시기 위한 움직임은 아니었다. 최정훈은 더 재촉하지 않고 가만히 기다렸다. 한참 뒤 서연우는 드디어 물을 한 모금 마시고는 다시 입을 열었다.

"제 이름을 알고 있었어요."

"저쪽이 널 알고 있었다고?"

최정훈이 의아하게 되물었다. 어느새 서연우는 상당히 곤혹스러운 표정을 짓고 있었다.

"아니지, 정확히 말하자면 알고 있긴 한데 좀 틀리게 알고 있었어요. 절 박연우라고 불렀어요."

"뭐?"

그 말에 최정훈이 눈을 크게 떴다. 서연우가 짧게 숨을 고르고 천천히 말을 이었다.

"그러니까 제가 어머니 성을 따랐다는 걸 미처 몰랐던 거예요. 그렇다면 우리 조부모님이나 백부님…… 아니면 아버지와 알던 사람일지도 몰라요."

서연우는 최정훈을 똑바로 보았다. 서연우의 깊은 곳에서 무언가가 일렁이고 있었다.

"소장님."

애써 차분하려 애쓰지만 미처 들뜬 기색을 감추지 못한 목소리였다.

"부탁 하나만 드릴게요."

최정훈은 뒤늦게 깨달았다. 애초부터 서연우는 두려워하지 않았다. 오히려 남자의 입에서 '박연우'라는 말이 나온 순간부터 마음이 급해졌다. 경찰에 끌려가던 남자를 눈으로 좇던 서연우는 제 손안에 간신히 들어온 실마리에 성급히 굴지 않도록 스스로를 억누르고 있었다.

"아까 그 남자에 대해 알아봐주시면 안 될까요?"

언제나 유순하기만 하던 두 눈동자에 은근한 열기가 드리워 있었다. 기대하지 않는다고 몇 번이나 말해놓고 결국 포기하지 못한 희망의 흔적이었다. 최정훈은 그 부탁을 거절하지 못할 줄을 직감했다.

○

며칠 뒤 다시 찾아온 최정훈이 썩 반갑잖은 소식을 전해주었다.

"안됐지만 직접 만나서 대화하기는 어렵겠다."

서연우는 딱히 실망한 기색이 없었다. 그저 의아하다는 듯 평소처럼 유순한 눈썹을 휘며 의아하게 되물을 뿐이었다.

"다른 문제라도 생겼어요? 아, 커피 한잔 드릴까요?"

의뢰인으로서 질문을 던진 다음에 뒤따른 것은 마음씨 좋은 카페 사장 특유의 권유였다. 바 테이블에 익숙하게 자리를 잡고 앉은 최정훈에게 서연우가 언제나 그랬듯 정갈히 담긴 아이스 아메리카노를 내어 주었다. 커피로 목을 축인 최정훈이 툭 내뱉었다.

"그놈 구속됐다더군."

서연우가 눈을 동그랗게 떴다. 잠시 멍하니 있던 서연우가 눈썹을 살짝 휘었다.

"대낮에 카페 사장 멱살 좀 잡았다고 구속당했을 리는 없잖아요. 다른 일이 있었어요?"

"어어. 마침 그쪽에 아는 사람이 있어서 물어봤지."

연락처에 유일하게 남은 동기에게 전화를 걸었다가 욕을 배 터지게 얻어먹었다. 덕분에 원하던 정보는 얻었다.

"마약 중독자였대. 동종 전과 4범에, 게다가 카페에 쳐들어온 그날도 약을 한 상태였더라고."

"마약이요?"

서연우가 황당하게 중얼거렸다. 조용한 카페에 늘 흘러나오던 재즈가 어쩐지 현실감 없이 느껴졌다. 커피를 한 모금 마신 최정훈이 다시 입을 열었다.

"문제는 그거지. 어째서 약쟁이 놈이 여기까지 쳐

들어왔고, 널 박연우라고 불렀는지.”

“그 사람이 한 말도 마음에 걸려요. 저한테 원한이 있는 것 같았으니까요.”

서연우의 대답에 최정훈이 고개를 끄덕였다.

“남의 인생을 망쳐놓고 너 혼자 잘 먹고 잘사냐고 했던가.”

하지만 서연우가 개미 새끼 한 마리도 제대로 못 죽일 위인이라는 건 최정훈이 잘 알았다. 그런 서연우가 무심결에라도 누군가의 인생을 망쳤을 것 같지는 않았다. 원인은 다른 곳에서 찾는 것이 옳을 터였다. 서연우가 인상을 찌푸리며 읊조렸다.

“아버지가, 부모님이 마약 중독자랑 연관됐던 걸까요?”

“한 가지 짐작 가는 구석은 있어.”

최정훈은 가방에서 태블릿을 꺼내 자료를 띄우고 서연우에게 건네주었다. 카페에 쳐들어왔다가 체포당한 남자에 대한 정보를 정리한 거였다. 서연우가 태블릿을 받아 들자 그가 설명을 시작했다.

“남자 이름은 오태훈이고, 10년쯤 전 새벽에 약에 취해 운전하다가 혼자 신호등을 들이박았대. 꽤 크게 다치고도 경찰한테 마약 한 걸 걸릴까 봐 도주하려고 했대. 그런데 누군가 신고하는 바람에 체포당해서 마약범으로 실형을 살게 된 거지."

최정훈이 태블릿 화면을 옆으로 넘겼다.

"사고 발생 지점이 당시 네가 부모님과 살던 아파트 근처의 대로변이었다더군. 워낙 옛날 일이라 사고 현장 사진을 입수하는 건 실패했지만 로드뷰로 대충 살펴봤는데……."

태블릿에 넓은 사거리를 촬영한 사진과 로드뷰 화면을 캡처한 이미지가 동시에 떠올랐다. 로드뷰 화면을 확대한 최정훈이 한구석에 보이는 아파트를 손으로 짚어주었다.

"여기. 네가 살던 아파트 아닌가?"

"……맞아요. 익숙한 길이네요. 늘 지나다니던 도로예요. 아파트에서 시내 쪽으로 나가려면 이 사거리를 지나가야 했거든요."

눈을 동그랗게 뜬 서연우가 고개를 끄덕이며 최정훈에게 태블릿을 돌려주었다.

"소장님 말씀은 신고자나 목격자가 아버지였을지도 모른다는 뜻이죠?"

"그럴 가능성이 영 없다는 건 아니지. 그것 때문에 실형을 살게 되었으니 원한을 품을 법도 하고. 10년 전이면 네 부모님이 실종됐을 때와 얼추 시기도 맞아."

최정훈은 태블릿을 갈무리하며 말했다.

"그 뒤로 계속 감옥을 들락거리다가 마지막으로 출소한 게 4년쯤 전이랬던가. 또 약을 한 상태로 체포됐으니 당분간 세상 빛 보기는 어려울걸."

신고자의 신분은 철저히 숨기는 게 원칙이었다. 그러나 상대는 마약 중개까지 한 놈이었다. 다른 루트를 이용해서 정보를 얻어냈을 가능성은 충분히 있었다.

"취조 중 카페에 쳐들어온 이유를 물었더니 기억이 안 난다며 모르쇠로 일관했다더군. 마약범이 얽힌 일이라 아마 카페로도 경찰이 한 번쯤은 찾아올 텐데. 그놈이 입을 열지 않는 이상 더 알 수 있는 건 없을 거야."

"기억이 안 난다고…… 정말일까요?"

"내 생각에는 거짓말 같은데. 물론 약에 취해 홧김에 한 행동이겠지만 전날에 미행까지 했던 걸 보아하니 한동안 널 주시하고 있었던 건 확실해."

최정훈의 눈빛이 차갑게 가라앉았다.

"표적은 명확히 너였다는 거지."

맨몸으로 쳐들어와 멱살을 잡은 데 그친 것이 오히려 천운이었다. 혹여 진짜 눈을 까뒤집고 칼이라도 들었더라면 최정훈이 도착했을 때는 돌이킬 수 없는 일이 벌어진 후였을지도 몰랐다. 경찰에서는 마약 중독자가 일방적으로 오해해 애꿎은 서연우를 공격한 정도로 처리될 것 같았다. 하지만 서연우의 양친이 얽혔을지도 모를 상황인 만큼 최정훈은 일을 그리 쉽게 정리할 생각은 전혀 없었다. 한동안 침묵하던 서연우가 어색하게 웃었다.

"좀…… 터무니없는 일에 휘말린 것 같은 기분이 드는데 착각일까요?"

"착각 아닐걸. 그렇게 태연하게 말할 일도 아닌 것 같다. 너 그거 버릇이지?"

타박을 놓은 최정훈이 말을 이었다.

"나는 그 남자 주변을 좀 더 파봐야겠어. 뭔가 연결고리가 나올 것 같으니까. 어쩌면 실종된 박정호 씨, 그러니까 네 아버지를 찾을 단서를 얻을지도 몰라."

"힘써주시는 건 감사하지만……."

말끝을 흐리던 서연우가 걱정스럽게 고개를 갸웃했다.

"위험할지도 모르는데 너무 무리하지는 마세요. 질 안 좋은 사람이 엮인 일이잖아요."

"너 내 직업 몰라? 원래 그런 일 하고 돈 받는 거

야. 그리고…….”

최정훈을 바 테이블 너머에 있는 서연우를 향해 손가락을 까닥였다. 가까이 오라는 뜻이었다. 서연우는 어리둥절한 얼굴을 하면서도 최정훈에게 한 걸음 다가가 테이블 위로 상체를 숙였다. 다음 순간. 딱! 최정훈의 굵은 손가락이 서연우의 이마를 아프게 강타했다.

“악!”

“너 돈 주고 나 고용했다. 자꾸 까먹나 본데 난 네 손님 같은 게 아니라고 이 물러터진 놈아. 그리고 지금 위험해진 건 내가 아니라 너거든? 누가 누굴 걱정하는 거야?”

최정훈이 엄한 얼굴로 타박을 놓았다.

“좀 극단적으로 예를 들어서 양친이 그쪽 일에 휘말려 실종됐다고 쳐. 넌 지금 그 뒤를 캐고 있지. 나한테 의뢰하기 한참 전부터 들쑤시고 다녔다면서. 놈들의 표적이 되기에는 충분하다고. 바로 얼마 전에 습격당한 놈이 지금 무슨 소릴 지껄이는 거야?”

“걱정이야 누구든 할 수 있잖아요. 고용주든 그냥 아는 카페 사장이든 뭐든. 왜 사람을 때리고 그래요?”

빨갛게 물든 이마를 감싸 쥔 서연우가 불평을 터

뜨렸지만 최정훈은 들은 척도 하지 않았다.

"너는 그게 과하다고. 어쨌든 혹시 또 딴 놈이 들이닥칠지 모르니 나도 당분간 이쪽으로 출근한다. 원래 마약범 놈들은 줄줄이 엮인 굴비 같은 새끼들이라. CCTV 관리 잘하고, 여차하면 바로 경찰부터 불러."

퉁바리를 준 최정훈이 명령조로 말했다.

"우리 사무실도 바로 근처니까 무슨 일 생기면 나한테도 연락해. 일단 내 전화번호는 단축번호로 등록해두고. 내가 연락이 안 되면 김승태나 이성민한테라도 연락해. 셋 중 하나는 사무실을 지킬 테니까."

"지금 누가 누구보고 물러터졌다는 거야. 그 정도면 초과 근무 아니에요? 저는 경호까지 의뢰한 기억은 없는데."

이마를 매만지며 서연우가 어이없다는 듯 투덜거렸다. 최정훈은 대답을 종용하듯 눈을 부라릴 뿐이었다. 결국 사나운 눈빛에 못 이긴 서연우가 고개를 끄덕였다.

"알았어요, 그렇게 할게요."

"진작 그럴 것이지."

그제야 최정훈은 만족스럽게 고개를 끄덕이며 커피를 홀짝였다. 그를 곱지 않은 눈으로 흘겨본 서연우는 이내 짧게 한숨을 내쉬며 머리를 긁적였다.

○

그날 저녁 최정훈은 정말로 서연우가 퇴근할 때까지 카페에서 기다렸다가 그의 집 앞까지 동행했다. 잠깐 불편한 기색을 비치던 서연우는 곧 이런저런 잡담을 꺼내 들며 평소처럼 행동했다. 하지만 진짜 마음이 편해서가 아니었다. 돌아올 때 기어코 손에 쥐여준 쿠키 상자가 평소보다 좀 더 무거웠다는 게 그 증거였다. 최정훈은 상자를 테이블 위에 내려놓고 겉옷을 대충 벗어 던졌다. 그러고는 곧장 소파에 몸을 던지듯 드러누웠다.

그러나 휴식은 그리 길지 않았다. 잠시 멀뚱히 누워 있던 최정훈은 벌떡 몸을 일으키고 앉아 노트북을 펼쳤다. 아직 오태훈의 과거를 더 캐볼 필요가 있었다. 어두운 사무실에 창백한 모니터 불빛이 점멸했다. 고개를 한껏 숙인 채 최정훈은 마우스 위에 손을 올리고 김승태와 이성민이 보낸 보고서를 열었다. 두 사람은 현재 오태훈의 뒤를 캐는 작업을 하고 있었다. 10년 전에 사라진 차를 쫓는 것보다는 극히 최근까지 범죄를 저질러 댄 놈을 뒷조사하는 편이 훨씬 쉽다며 두 사람은 신나게 콧노래까지 불렀다. 과연 보고서에는 기대했던 것보다 훨씬 많은 정보가 담겨 있었다. 여기저기 잘도 들쑤시고 다니며 심지어는 오태훈이 일했던 곳까지 염탐한 모양이었다. 이곳저곳에 뻔뻔히 말을 붙이고 다녔을 두 사람의 모습이 쉽게 연상되었다. 최정훈의 얼굴이 언짢아졌다.

'위험하니까 조심하라고 그렇게 일렀는데.'

그처럼 출랑대는 놈들에게는 어쩌면 불가능한 주문이었을지도 모르겠다는 생각이 뒤늦게 들었다. 잡념도 잠시, 최정훈은 다시 보고서에 집중했다.

"……도대체 이직을 몇 번이나 한 거야?"

잠시 후 최정훈의 입에서 짜증스러운 혼잣말이 튀어나왔다. 처음 감옥에 들어갔다가 나오기 전부터 오태훈은 수없이 취직과 퇴사를 반복했다. 일용직으로 일했다가 대형 마트, 클럽 주차 요원……. 그마저도 제일 오래 일해봐야 세 달쯤이고, 대부분은 한 달에서 두 달 안에 그만두었다.

'하긴 마약에 절어 있었을 테니.'

최정훈은 더욱 신경을 곤두세워 보고서를 신중하게 읽어 내려갔다. 한참 뒤 마우스 스크롤을 내리던 손이 우뚝 멈췄다. 우우웅, 오래된 노트북의 팬이 돌아가면서 고요한 사무실에 듣기 싫은 소음을 섞었다. 하지만 최정훈은 알아차리지 못했다. 그의 시선은 3년 전 오태훈이 잠깐 몸담았던 일용직 하청 업체의 이름에 닿아 있었다.

"동신인력……."

기분 탓이라고 하기에는 기억 속에 지나치게 선명히 남아 있었다. 최정훈은 얼굴을 쓸어내리며 기억을 더듬었다. 과거 의뢰와 엮여 있던 일이라면 보고하면서 두 사람이 한 번쯤은 언급할 만했다. 김승태와 이성민의 보고서에는 전혀 보이지 않았다. 최정훈은 자신이 맡아 처리한 일들을 하나하나 머릿속으로 되짚어보았다. 3년 전, 그리고 동신인력. 두 가지가 머릿속에서 매치된 순간 최정훈은 자리에서 벌떡 몸을 일으켰다.

"잠깐, 설마."

설마, 하지만, 그래도.

급한 걸음으로 노트북 앞을 벗어난 그는 책상 가장 아래쪽 서랍을 열었다. 바쁜 손길로 서류들을 헤집던 그는 눈여겨볼 필요가 없다고 판단해 한쪽에 처박아뒀던 자료에서 동신인력이라는 글씨를 발견했다.

갑자기 몸에 힘이 쭉 빠지는 느낌이 들었다. 털썩 의자에 아무렇게나 주저앉아 최정훈은 서류의 아주 작게 쓰인 네 글자를 믿기지 않는다는 듯 몇 번이고 되짚어 읽었다.

동신인력은 3년 전 '자재 기업 비서 살인 사건' 당시 그 회사에 인력을 제공하던 하청 업체였다. 오태훈이 일했다는 기간은 3년 전 살인 사건이 일어났던 시기와도 겹쳤다. 단순한 우연일지도 몰랐다. 하지만 시기가 지나치게 공교로웠다. 최정훈의 입에서 곤혹스러운 목소리가 흘러나왔다.

"이게…… 이게 이렇게 된다고?"

바닐라라테, 카푸치노,
그리고 아메리카노

우연일지도 모른다면서 최정훈은 밤새도록 파고들었고, 시간이 지날수록 의심은 확신으로 바뀌었다. 다음 날 다 죽어가는 얼굴로 카페에 나타난 이성민과 김승태가 건네준 보고서는 최정훈의 심증을 더욱 굳혀주었다.

"동신인력이요. 거기 뭔가 좀 이상하던데요."

밤을 꼴딱 새운 이성민이 먼저 툭 내뱉었다. 뒤이어 김승태 역시 해쓱한 낯으로 덧붙였다.

"인력관리소장이라는 사람이 있긴 하더라고요. 그런데 그 사람도 고용된 거고 사장이라는 사람은 출근 안 한대요."

"그야 흔한 일이잖아. 뭐가 이상하다는 거야?"

"아, 쫌. 들어봐요."

최정훈이 인상을 찌푸리며 묻는 말에 이성민이 짜증을 터뜨렸다.

"인력 사무소 대표, 그러니까 동신인력의 실질적

소유주가 누군지 불분명해요. 관리소장도 직접 만난 적은 몇 번 없다고 하고. 거기 일하는 아저씨들은 한 번도 얼굴을 본 적 없대요. 소장한테 대표 전화번호를 받긴 했는데……."

"잠깐만, 전화번호는 어떻게 받은 거야?"

가만히 듣던 최정훈이 손을 들고 이성민의 말을 멈췄다. 그러자 김승태가 대신 대답했다.

"돈 떼먹힌 거 있다고, 당장 내놓으라고 행패 부렸습다."

단전에서부터 깊은 한숨이 터져 나왔다. 관자놀이를 꾹꾹 누르며 최정훈이 사납게 으르렁거렸다.

"야, 이 새끼들아, 눈에 띄지 말라는 내 말은 어디로 들었냐?"

"소장님이 뭘 모르시나 본데 그런 식으로 얼레벌레 굴러가는 사무실에는 돈 내놓으라며 쳐들어오는 사람이 한둘이 아니거든요. 오히려 제일 눈에 안 띄는 방법이었다니까요?"

김승태가 뻔뻔하게 하는 말에 최정훈은 이마를 짚고 관자놀이를 꾹꾹 누르며 손을 휘휘 내저었다.

"계속해봐."

"여튼 전화를 걸어봤는데 연결이 안 되더라고요.

소장은 그쪽 전화번호로 소통한다던데 저장 안 된 번호는 수신을 거부해놨나 봐요. 이상하지 않아요?"

이성민에 뒤이어 김승태가 다시 입을 열었다.

"일단 관리소장한테 그 사장이라는 사람 인상착의를 물어봤슴다. 투박하게 입고 오긴 했는데 막노동이랑은 별로 상관없는 사람처럼 보였댔던가? 원래는 희멀건 사람인데 일부러 꾸민 것처럼 느껴졌대요. 완전 수상하죠?"

최정훈이 앓는 소리를 내며 짜증스레 머리를 긁적였다.

"진짜 갈수록 태산이군."

김승태가 의아하게 물었다.

"소장님도 따로 조사하다 오신 거 아녜요?"

"어어. 그렇지."

건성으로 고개를 끄덕인 최정훈이 운을 뗐다.

"너희들, 태온건축자재기업 기억나냐?"

순간 이성민과 김승태가 동시에 입을 꾹 다물었다. 눈을 휘둥그레 뜬 게 갑자기 그 이름이 왜 나왔는지도 이해를 못 한 것 같았다. 한참 만에 김승태가 떨떠름한 얼굴로 운을 뗐다.

"거기는 갑자기 왜요? 살인 사건 생겼던 데잖아

요. 소장님이 목매시는 그 건.”

“잠깐만, 설마 그쪽이랑 엮인 일이에요?”

멍하니 있던 이성민이 불현듯 말했다. 태온건축자
재기업. 기억하냐고 묻는 게 무의미할 정도로 세 사람
의 뇌리에 강렬히 남아 있는 이름이었다. 최정훈이 경
찰에서 뛰쳐나오면서까지 추적하는 ‘자재 기업 비서
살인 사건’이 벌어졌던 곳이니까. 최정훈이 고개를 끄
덕였다.

“동신인력의 주요 거래처가 태온이더라. 살인 사
건이 벌어진 시기에도 태온 쪽에서 동신한테 제법 자
주 하청을 맡겼더라고.”

최정훈의 담백한 대답에 두 사람은 동시에 얼빠진
표정을 지었다. 짧게 한숨을 내쉰 최정훈이 천천히 말
을 이었다.

“오늘 아침에 그 인력 사무소에서 오태훈이랑 비
슷한 시기에 일했던 사람을 만나고 왔어. 하청의 하청
형태긴 했는데 중간에 낀 사무소도 태온이 직접 관리
하는 곳이라고 하더라. 들어오는 일들은 대부분 현장
일이었고. 가끔 운송 일도 있었다더군.”

인부를 대는 인력 사무소에 굳이 운송 일을 맡긴
다는 건 확실히 부자연스러웠다. 이성민이 물었다.

"운송이라면 뭐 어떤 건데요?"

"그쪽에서 보낸 트럭이나 화물차를 운전해서 다음 운전기사한테 넘겨주는 일이었다던데. 매번 다른 차였다고 하더라. 뭐가 들었는지는 아무도 모르고."

짧게 한숨을 내쉰 최정훈이 관자놀이를 꾹꾹 누르며 덧붙였다.

"3년 전에는 오태훈이 그 일을 자주 맡았다더라. 그때마다 수당도 두둑하게 챙겨 갔대."

"이야……."

김승태의 입에서 탄성이 터져 나왔다. 구린 냄새가 대놓고 풍기고 있었다. 얼굴을 잔뜩 찌푸린 이성민이 팔짱을 끼고 눈동자를 데굴 굴렸다.

"하긴 좀 이상해요. 하루 벌어 하루 먹고 사는 사람이 비싼 약을 어떻게 구하나 했는데…… 운송 쪽과 연관이 있다면 일하는 대가로 돈이랑 약을 같이 받았을지도 모르겠네요."

"게다가 시기도 좀 그렇고. 약쟁이한테는 더할 나위 없이 좋은 일자리일 텐데 왜 나왔을까요?"

이성민의 질문에 최정훈이 쯧 혀를 찼다.

"글쎄. 아마 살인 사건이랑 연관된 일이 아닐까 한다만."

운반책 일에 문제가 생겼거나, 아니면 다른 일에서 문제를 일으켜 쫓겨났을지도 몰랐다. 이성민이 심란한 얼굴로 손을 휘휘 내저었다.

"잠깐, 잠깐, 그럼 일이 도대체 어떻게 된 거예요? 동신인력에 화물 운반 일을 의뢰한 건 태온이고. 3년 전에 그 일을 도맡아한 게 마약 중독자 오태훈에…… 그 일은 어째서인지 보수가 좋았다는 거죠?"

"그렇다면 화물 내용물도 상당히 수상한데 그걸 옮기라고 지시한 게 태온…… 결국 태온이 약쟁이 집단이라는 거 아니에요?"

김승태 역시 넋이 나간 채 주절거렸다. 그때 바로 옆에서 불쑥 익숙한 목소리가 끼어들었다.

"그렇게 되면 몇 가지 의문점도 풀리는데요."

소스라치게 놀란 그들이 동시에 몸을 홱 돌렸다. 서연우가 커피가 담긴 쟁반을 들고 몇 걸음 뒤에 서 있었다.

"왜 그렇게 놀라요?"

"안 놀라겠냐……! 기척 좀 내. 깜짝 놀랐잖아."

최정훈이 괜히 짜증스럽게 으르렁거렸다. 입을 비죽거린 서연우는 가지고 온 쟁반을 테이블의 빈자리에 내려놓았다.

"제가 뭘 어쨌다구요. 무슨 이야기를 그렇게 하시나 했는데. 평화로운 카페에서 주고받기는 지나치게 흉흉한 화제 아니에요?"

"하하…… 그, 어디서부터 들으셨어요?"

민망한 웃음을 터뜨린 이성민이 조심스럽게 묻는 말에 서연우가 담백하게 대답했다.

"동신인력 쪽에 운송을 부탁한 게 태온이라는 기업이라는 것부터요. 태온이 살인이 벌어졌던 곳인 모양이죠? 오태훈 씨는 동신인력이라는 데서 일했던 사람이고."

그 정도면 거의 다 들었다고 봐도 무방했다. 세 사람이 일제히 한숨을 내쉬며 어깨를 축 늘어뜨렸다. 서연우는 어색하게 미소 지으며 그들 앞에 커피를 하나씩 놓아주었다.

"딱히 엿들을 생각은 없었어요. 그래도 일단은 제 일이기도 한 것 같아서 그만."

"사장님의 의뢰에서 출발한 일이니 틀린 말은 아닙니다만…… 오! 바닐라라테!"

찜찜한 낯으로 웅얼거리던 김승태가 제 앞에 놓인 유리컵에 탄성을 터뜨렸다. 얼음과 시럽이 잔뜩 들어간 바닐라라테는 김승태가 가장 좋아하는 메뉴였다.

이성민 역시 앞에 놓인 따뜻한 카푸치노에 눈을 휘둥그레 떴다. 서연우는 마지막으로 진한 에스프레소 샷이 추가된 아이스 아메리카노를 최정훈 앞에 건네주었다. 최정훈은 고맙다는 말 대신 질문을 던졌다.

"그보다 의문점이 풀린다는 건 무슨 말인데?"

"저도 대화에 껴도 되는 거예요?"

"끼일 생각 만만이었던 거 아냐? 네 커피까지 가지고 와놓고는."

아닌 게 아니라 쟁반에는 머그잔에 담긴 서연우 몫의 따뜻한 핸드 드립 커피가 아직 남아 있었다. 서연우는 머쓱하게 웃으며 잔을 집어 들었다.

"뭐어, 안 끼워주시면 자연스럽게 빠질 생각이었어요."

"별로 상관없긴 해. 어차피 네 이야기이기도 하니까. 그냥 앉아."

퉁명스럽게 대답하며 최정훈은 맞은편 의자를 발로 차 밀어주었다. 서연우는 사양하지 않고 앉았다.

"하여튼 그 살인 사건이요, 전에 소장님이랑은 짧게 이야기한 적 있어요. 범인으로 지목된 사람의 행적도 좀 의아하고, 무엇보다도 동기가 밝혀지지 않은 상태에서 사건이 마무리된 부분이 신경 쓰였거든요."

　최정훈은 무표정한 얼굴로 커피를 홀짝이며 다음 말을 기다렸다.

　"두 사람을 모두 살해한 범인이 따로 있다는 가정하에 살인 동기가 마약 거래였다면 얼추 끼워 맞추기가 되지 않을까요? 사망한 두 사람이 거래 장면을 목격했다거나…… 그래서 한 명은 죽이고, 나머지 한쪽에는 살인 누명을 씌우고 자살로 위장해 정리해버린 거죠."

　"그리고요?"

　김승태가 흥미롭게 묻자 서연우가 말을 이었다.

　"오태훈 씨가 갑자기 그 동신인력이라는 곳에서 잘리게 된 것도요. 그때 살인 사건이 일어나면서 경찰의 시선이 몰리는 바람에 급히 마약 사업을 정리하려고 했는지도 몰라요. 꼬리가 잡히면 곤란하니까."

　"그렇지. 지금 상황에서는 그렇게 보는 게 제일 타당해."

　최정훈의 시선이 아래로 내리깔렸다. 반착란 상태에서 김수호가 쏟아내던 목소리가 재차 머릿속을 파고들었다. 그놈이 말하던 증거란 도대체 뭘까. 김수호는 분명 누명을 썼다는 증거를 가지고 있다고 했다. 하지만 최정훈은 끝내 그 증거가 뭔지 알아낼 수 없었다.

'최소한 그게 뭔지라도 파악했다면…….'

그때 김승태의 목소리가 그를 상념에서 깨웠다.

"진짜 일이 터무니없이 커져버렸네요. 범인 사망으로 종결해버린 건을 들쑤시겠다는데 경찰이 좋아할 리도 없고."

"그래도 오태훈이 구속됐으니 저쪽도 당분간 함부로 움직이지는 못하지 않을까요? 어쩌면 우리가 지금껏 떠들어댄 게 다 헛다리일지도 모르잖아요."

이성민이 최정훈을 보며 말했다. 최정훈은 미간을 찌푸리며 지시했다.

"일단은 인력 사무소의 사장이라는 놈이나 좀 더 찾아봐. 당장 할 수 있는 건 그것뿐이니까."

두 사람이 군소리 없이 고개를 끄덕였다. 다음으로 최정훈은 서연우에게 시선을 주었다.

"박정웅 사장님한테는 연락해봤어? 뭐 아시는 거 없대?"

"네, 그런 일이 있었는데 왜 미리 말 안 했냐고 괜히 혼나기만 했어요."

서연우가 어색한 미소를 흘렸다.

"큰아버지도 다시 수소문은 해보시겠대요. 아무래

도 같은 계열의 사업을 하고 계시니까 뭐라도 건지지 않겠냐면서."

"하긴 박 사장님도 건축 쪽이셨죠. 뭔가 걸려들지도 모르겠네요."

턱을 쓸어내리며 이성민이 고개를 끄덕였지만 최정훈은 회의적인 반응이었다.

"크게 기대는 안 한다만…… 일단 박 사장님한테도 몸 사리시라고 전해드려."

"그러잖아도 말씀드렸어요. 혹시 모르니까. 그래도 큰아버지는 보안 잘되는 아파트에 사시니 괜찮지 않을까 해요. 거의 출퇴근만 하시고."

서연우가 고개를 끄덕이자 김승태가 끙 앓는 소리를 냈다.

"그럼 문제는 연우 씨라는 뜻이네요. 어쩐지 소장님이 이쪽으로 출근하라고 말씀하시더니. 일단은 저희도 최대한 자주 들여다볼게요."

"하하. 신경 써주셔서 감사해요. 그나저나 이렇게 되면……."

말꼬리를 흐리며 서연우가 검은 눈동자를 굴렸다. 김승태와 이성민을 한 번씩 주시한 그의 시선이 마지막으로 최정훈에게 닿았다.

"연결 고리가 생겼네요, 소장님. 어쩔 수 없이."

곤란하다는 미소를 담은 목소리에 마치 지나가는 말처럼 꽤 가벼운 어조였다. 그러나 거기에 담긴 뜻은 그렇지 않았다. 투명한 안경 너머로 보이는 유순한 눈동자와 눈을 마주친 최정훈은 애꿎은 커피만 벌컥벌컥 들이켰다. 어쩐지 가슴이 답답해졌다. 며칠 전 저녁 나란히 퇴근하던 길에 느꼈던 강한 갈등을 서연우가 눈치챘다는 사실을 깨달은 탓이었다.

○

그날 밤 카페를 정리하고 돌아가는 길. 계속 입을 다물고 있던 최정훈이 밑도 끝도 없이 툭 내뱉었다.

"너는 왜 그렇게 오지랖이 넓냐?"

그러자 몇 걸음 뒤에서 걷던 서연우가 으음 하는 소리를 내며 고개를 갸웃했다.

"글쎄요. 사람이랑 대화 나누는 걸 좋아해서 그런가?"

밤거리 특유의 선선한 공기가 두 사람의 뺨을 스쳤다. 자박, 자박, 나란한 발소리가 깜빡이는 가로등 아래에 새겨졌다. 그 위에 서연우의 태연한 목소리가 더해졌다.

"커피 한 잔 더 건네면서 시답잖은 대화를 나누는 건 꽤 즐거운 일이거든요. 그러다 보니 손님들이 한탄하는 말도 듣게 되고 고민거리도 나누고……."

즐겁게 말하던 서연우가 문득 말꼬리를 흐렸다. 그답지 않게 찾아온 정적에 최정훈이 의아해할 때쯤 서연우가 머쓱하게 덧붙였다.

"그런 의미에서 오지랖 좀 더 부려도 괜찮아요?"

"여기에서 뭘 더 하려고."

퉁명스럽게 대답했지만 서연우는 당장 대답하지 않고 한동안 더 뜸을 들였다. 말을 꺼내도 될지 고민하는 기색이었다. 조용한 골목길에 발소리가 불규칙한 리듬을 만들어낸 끝에서야 서연우가 느릿느릿 입을 열었다.

"소장님 친구분이요, 어떤 사람이었어요?"

미처 예상치 못한 물음에 최정훈은 멈칫했다. 먼저 말을 꺼내고 영 겸연쩍은 듯 서연우는 답을 재촉하지 않고 시선을 아래로 내리깔기만 했다. 최정훈은 얼마간 뜸을 들이다 간신히 되물었다.

"갑자기 그건 왜?"

"아뇨, 그냥 좀…… 뭐라고 해야 할까."

서연우는 말을 고르는 것처럼 눈동자를 굴렸다. 새카만 눈동자에 흐릿한 가로등 불빛이 깃들어 오묘한 색채를 만들어냈다. 또 잠깐의 시간이 지난 뒤 서연우가 말을 이었다.

"소장님이랑 각별한 사이였던 것 같아서요. 괜한 참견이라면 미안해요."

최정훈은 한동안 대답하지 않았다. 표정 역시 거의 변함이 없었다. 다만 다소 느려진 발걸음이 심란해진 마음을 대변해주는 것 같았다. 슬쩍 눈치를 살핀 서연우 역시 발걸음을 늦춰 그와 거리를 유지했다. 한참 뒤 최정훈에게서 다소 언짢은 목소리가 흘러나왔다.

"나랑 그 녀석이 친했던 건 사실이다만 네가 그 녀석에 대해 궁금해할 타당한 이유는 못 되는 것 같은데."

"하하, 불편하셨어요? 죄송해요. 그래도 뭐랄까, 알아두는 편이 앞으로 이래저래 참고할 수 있을지도 모르잖아요."

서연우가 멋쩍게 웃으며 뺨을 긁적였다.

"그리고 사실 그분한테 관심이 있다기보단 소장님 이야기를 듣고 싶을 뿐이라."

"내 이야기?"

드디어 최정훈이 고개를 돌려 서연우를 보았다. 여전히 썩 유쾌하지만은 않다는 표정이었지만 서연우는 오히려 마음을 놓을 수 있었다. 최정훈의 저 뜽한 낮이 습관처럼 나오는 무표정과도 같다는 사실을 슬슬 깨달은 것이다.

"이미 경찰에서도 종결 내버린 사건인데 혼자서 지금까지 매달리신 데에는 분명 이유가 있을 거잖아요. 편한 길도 물론 아니었을 테고."

돌려 말하고 있었지만 결국 그간 최정훈이 겪었을 마음고생이 신경 쓰인다는 뜻이었다. 최정훈은 서연우에게서 시선을 떼고 다시 정면을 보았다.

"왜. 동질감이라도 느끼냐?"

"하하, 맞아요. 제멋대로라는 건 저도 잘 알지만 어쩌겠어요. 마음이 그런걸."

서연우가 머쓱한 웃음을 터뜨렸다. 유순한 눈동자가 허공을 향했다. 어둠이 내려앉은 골목의 가로등이 이따금 위태롭게 깜빡였다.

"이건 제 욕심이긴 한데요."

서연우는 그것이 마치 보름달이라도 되는 양 물끄러미 올려다보았다.

"이번 일로 소장님이 친구분의 결백을 밝혀낼 수

있다면, 아니 작은 단서라도 찾을 수 있다면…… 제 지난 시간도 약간이나마 보상받을 것 같거든요.”

담담한 목소리였다. 카페에서 커피를 내어주며 잡담을 청할 때와 그리 다르지 않은 어조였지만 최정훈은 그게 진심임을 어렵잖게 알아차릴 수 있었다.

“무의미한 건 없다고 떠들어댔어도 사실 그렇게 믿고 싶을 뿐이에요. 그래서 계속 의미를 찾게 되는 거고.”

잠시 대화가 끊어지고 두 사람 사이에는 발소리만이 이어졌다. 자박, 자박. 최정훈은 시선을 아래로 내리깔았다. 흐릿한 불빛에 비친 자신의 그림자가 보였다. 분신인 척하며 끈덕지게 뒤를 밟는 그것은 마치 김수호의 마지막 절규 같았다. 그러다 몇 걸음 뒤에서 동행하는 서연우의 다소 작은 보폭으로 따라오는 실루엣이 그 위로 일렁였다.

서연우에게는 다른 사람에게 없는 특기가 몇 가지 있었다. 유난히 머리 회전이 빠르다는 것도 그렇지만 몇 마디 대화를 나누는 것만으로도 사람의 마음을 느슨히 풀어버린다는 게 특히 그랬다. 서연우가 베푸는 호의는 어째서인지 거절하기 힘들었다. 어쭙잖은 동정이나 호기심이 아닌 진심에서 우러났다는 걸 알기에 더욱 그랬다. 지금도 마찬가지였다. 서연우는 자기 이야기를 가볍게 풀어내며 최정훈에게 자연스레 손을 내밀고 있었다. 최정훈은 한참 입을 다물고 있었다. 서연우 역시 더 이상 재촉하지 않았다. 그리고 한참 뒤 한숨을 푹 내쉰 최정훈이 머리칼을 벅벅 긁으며 입을 열었다.

"그리 거창하게 말할 건 아니고. 찢어지게 가난한 달동네에 놀 상대라곤 딱 하나 있는 동갑내기 애새끼밖에 없는 곳…… 그런 데서 같이 컸어."

최정훈은 느긋한 카페의 분위기에 지나치게 녹아들어버린 모양이었다. 평소라면 절대 입에 담지 않았을 사적인 이야기가 이토록 쉽게 흘러나오는 것을 보면. 곁에서 걷는 서연우의 기척을 느끼며 최정훈은 무뚝뚝함을 가장해 말을 이었다.

"이름은 김수호. 흔히들 소꿉친구라고 하나. 옛날부터 워낙 성질이 더러웠어서 학교에 입학하고도 친구가 몇 없었거든. 그 녀석은 나보다는 좀 서글서글했지만 같은 곳에서 자라서 그런지 둘이만 다니게 되더라고. 사고도 같이 치고."

거의 다 무너져가는 월세방에서 집주인의 눈치를 보면서도 줄기차게 소동을 몰고 다니던 천둥벌거숭

이 두 악동. 그들을 보며 주변 사람들은 좋은 의미든 나쁜 의미든 형제 같다고 말했다. 최정훈은 그게 내심 싫지 않았다.

"그러다가 어른이 되고, 뭐, 다들 그렇듯이 자연스럽게 교류도 뜸해졌지. 각자 살길을 찾으러 갔으니까. 그래도 1년에 두어 번은 꼬박꼬박 만났어. 그러다가 한참 연락이 끊어졌는데……."

최정훈은 잠깐 뜸을 들였다. 잠자코 듣기만 하던 서연우가 말을 이어주었다.

"그런 일에 휘말려 있었던 거네요, 그분은."

"그렇지, 뭐."

최정훈이 건성으로 고개를 끄덕였다. 당시 경찰이었고, 그 사건이 관할 구역에서 벌어졌다는 것까지는 굳이 말하지 않았다. 서연우에겐 필요 없는 정보일 테니까. 최정훈은 다시 시선을 내리깔았다. 영 시원찮은 가로등 불빛 아래 서연우와 그의 그림자가 나란히 걷는 모습이 보였다. 몇 걸음 뒤에 있던 서연우가 어느새 바로 옆까지 따라붙었다. 한동안 입을 다물고 있던 최정훈이 다시 운을 뗐다.

"죽기 직전에 나한테 공중전화로 전화가 걸려왔어. 본인은 누명을 쓴 것뿐이고, 그걸 증명할 증거도 가지고 있다며 악을 썼는데…… 그리고 차와 함께 시신으로 발견됐지. 멍청한 놈.”

무뚝뚝하던 얼굴이 다소 일그러졌다.

“사람을 죽이지 않았다고 하니까 나는 믿어줄 수밖에. 가족이고 뭐고 아무것도 없는 놈이라 어쩔 수 없었어. 나라도 움직여야지.”

그렇게 가까스로 들어갔던 경찰 조직마저 박차고 나와버렸다. 모두가 멍청한 짓이라고 비난했지만 도저히 참을 수가 없었다. 자신조차 등을 돌려버리면 김수호는 영원히 살인자로 낙인찍힐 테니까.

이야기가 끝난 뒤에 서연우는 한동안 입을 다물고 있었다. 최정훈은 슬쩍 고개를 들어 서연우의 옆모습을 곁눈질했다. 유순한 눈동자는 가벼운 생각에 잠긴 듯했다. 또 잠깐의 시간이 지난 뒤 그에게서 이번에도 예상치 못한 말이 흘러나왔다.

“소장님도 상냥한 사람이네요. 좀 삐딱하긴 해도.”

순간 망치로 한 대 얻어맞은 기분이었다.

“그건 또 무슨 엉뚱한 소리야?”

“엉뚱한 건 아니고 그저 솔직한 감상을 이야기했을 뿐인데요. 뭐 문제라도 있어요?”

서연우가 최정훈을 올려다보며 고개를 갸웃했다.

한 치의 거짓 없는 진심을 말했다는 듯 그의 낯은 순진무구하기만 했다. 최정훈은 눈썹을 구겼다.

"애초에 삐딱하다는 말이랑 상냥이라는 단어가 공존할 수 있냐?"

"그러면 소장님이 가히 솔직하고 올바른 사람이라고 생각해요?"

피식 웃음을 터뜨린 서연우가 다시 앞을 보았다.

"소장님이나 저나 둘 다 답 없는 고집쟁이네요."

그렇게 중얼거리는 목소리가 어쩐지 기분이 좋아진 듯, 한편으로는 서글픈 듯 들려왔다. 대답이 궁해진 최정훈은 그냥 입을 꾹 다물었다. 전선이 늘어진 오래된 거리에 다시금 침묵이 흘렀다. 정적 속에서 나란히 걷기를 한참, 이내 두 사람은 갈림길에 다다랐다. 최정훈은 자연스레 서연우의 집 쪽으로 걸음을 옮겼다. 그리고 드디어 그의 입에서 꾹꾹 눌러 담은 한마디가 튀어나왔다.

"야, 발 안 뺄 거냐?"

서연우가 기다렸다는 듯이 대답했다.

"네. 10년 만에 잡은 단서잖아요. 여기서 물러설 수는 없죠."

"그 때문만은 아니잖아, 너. 누가 모를 줄 알아?"

최정훈이 슬쩍 흘겨보자 서연우는 슬그머니 시선을 피하며 딴청을 부렸다.

"무슨 말을 하는지 잘 모르겠어요, 전."

"능청맞기는."

이미 서연우는 결심을 굳힌 것 같았다. 그의 마음을 돌리기는 쉬운 일이 아니었다. 최정훈 역시 잘 알고 있었다. 아니, 어쩌면 처음부터 최정훈은 발을 빼도록 적극적으로 설득할 마음이 없었을지도 몰랐다.

서연우의 일을 계기로 몇 년 동안 지지부진하던 일에 처음으로 진전이 생긴 상황이었다. 게다가 서연우의 특기는 분명히 앞으로도 크게 도움이 될 게 분명했다. 서연우가 발을 빼지 않겠다고 선언한다면 최정훈은 그것을 핑계 삼아 앞으로도 그의 지혜를 계속 이용할 수 있었다. 다만 서연우는 굳이 겪지 않아도 될 험한 일에 발을 들이게 될지도 모른다. 최정훈은 더욱 심란해졌다. 그걸 알면서도 거절의 말이 나오지 않는 자신이 혐오스러워지려고 했다. 그때 서연우가 짐짓 가벼운 어조로 말했다.

"이제 상부상조라고 말할 수 있겠네요."

그 뜬금없는 말에 최정훈이 고개를 들었다. 서연우는 그를 보지 않은 채로 말을 이었다.

"고용 관계라는 건 변하지 않겠지만, 뭐. 소장님의 일에 끼어들 괜찮은 명분이 생긴 것 같아서요. 음…… 뭐라고 해야 하나, 이걸."

잠깐 말을 고르듯 서연우가 뜸을 들였다. 그의 걸음이 느려지면서 둘의 거리가 벌어졌다. 잠깐 앞장서던 최정훈은 걸음을 멈추고 그를 돌아보았다.

"무슨 말이 하고 싶은데?"

"그냥 별건 아니구요."

모로 굴렸던 검은 눈동자가 다시 최정훈을 향했다. 가로등 불빛이 깃든 새카만 눈동자가 기분 좋은 웃음을 담아 반짝였다. 최정훈과 시선을 마주친 서연우의 입가에 생글, 천진한 미소가 드리웠다.

"소장님한테 도움이 될 수 있을 것 같아서 조금 기뻐요."

한순간 최정훈은 말문이 막혔다. 그 자리에 얼어버린 최정훈을 지나쳐 서연우는 다시 사뿐사뿐 걸음을 옮겼다. 순식간에 앞서 나가는 그는 제법 기분이 좋아 보였다. 결코 크다고 말할 수 없는 등에서 마치 흥얼거리는 듯한 목소리가 들려왔다.

"그리고 소장님도 그냥 솔직하게 말씀하셔도 괜찮아요. 조력자 겸 이해자를 만나서 기쁘다고."

최정훈은 아연실색한 눈으로 서연우의 뒷모습을 멍하니 바라보았다. 한참 뒤, 탁. 이마를 세게 짚은 최정훈은 다 포기하고 얼굴을 쓸어내렸다.

"저 바보 같은 놈이 진짜……."

한 방 제대로 먹은 기분이었다. 가장 분한 것은 대놓고 반박할 수가 없다는 사실이었다.

○

다음 날 저녁 전날보다 한층 더 피로해진 얼굴을 매단 김승태와 이성민이 카페로 출근했다. 이성민과 김승태가 오기 전 서연우는 최정훈과 함께 카페의 가장 구석진 자리에 파티션까지 쳐 따로 자리를 만들어 두었다. 대화가 새어 나가지 않게 하고 외부의 시선을 차단하기 위해서였다. 혹시나 하는 마음에 재즈 음악의 볼륨도 살짝 높여두었다. 자연스럽게 그 안에 자리를 잡은 그들은 아무런 말 없이 둘러앉아 넋을 놓고 있었다. 제법 흉흉한 몰골들에 커피를 가지고 오던 서연우가 멈칫했다.

"그……."

서연우가 저도 모르게 웅얼거리자 세 사람의 시선

이 한데 모였다. 판다처럼 다크서클이 짙게 드리운 세 쌍의 눈길을 한꺼번에 받고 있자니 아무리 서연우라고 해도 조금 부담스러웠다.

"오늘도 안 주무셨어요?"

"괜찮습니다. 그동안 얻어먹은 커피값은 해야죠."

전혀 괜찮지 않은 얼굴로 이성민이 히죽 웃어 보였다. 김승태 역시 옆에서 열심히 고개를 주억거렸다.

"게다가 이거 한번 시작하고 나니까 도무지 흐름을 끊을 수가 없어서…… 원래 우리 일이 그러니까 너무 신경 쓰지 마세요."

"너무 무리하지는 마시고요."

서연우는 염려스럽게 덧붙이며 그들 앞에 커피와 간식거리를 내어준 뒤 최정훈의 맞은편에 자리를 잡고 앉았다. 손에는 늘 그렇듯 직접 내린 따뜻한 커피가 가득 든 머그잔이 들려 있었다.

카페는 느긋한 공기로 가득 차 있었다. 은은한 커피 향과 평소보다 조금 더 큰 재즈 음악, 쾌적하게 환경을 유지하는 공기 청정기와 딱 좋게 비쳐 드는 햇살과 조명. 그리고 편안한 분위기를 자아내는 짙은 색의 나무 테이블. 카페 '새벽'의 안온한 공기에 둘러싸여, 세 사람은 저마다 챙겨 온 노트북과 태블릿, 서류

철들을 모조리 테이블 위에 꺼냈다. 정갈한 음료와 디저트 옆이 순식간에 아수라장이 되었다. 테이블 위는 서연우의 카페에 최정훈의 사무실 한편을 고스란히 옮겨놓은 꼴이었다.

"다 준비됐으면 일단은 브리핑부터 시작해."

세팅이 완료되자 최정훈이 명령조로 툭 내뱉었다. 가장 먼저 나선 사람은 이성민이었다.

"일단은 오태훈부터 시작할게요."

이성민은 태블릿 PC를 모두가 볼 수 있도록 돌려놓았다. 화면에는 오태훈의 간단한 인적 사항과 그간의 행적이 고스란히 담겨 있었다.

"얼마 전 갑자기 카페에 쳐들어온 사람이죠. 50대 초반에 접어들었습니다. 젊었을 때부터 질 나쁜 놈들이랑 어울려 다녔고, 20대에 처음 마약에 손을 댔습니다. 그러다가 10년 전 약을 한 채로 운전하다가 사고를 냈고, 실형을 살게 됐죠. 이 과정에서……."

이성민이 터치펜으로 사진 하나를 끌어와 오태훈의 사진 옆에 두었다. 서연우의 아버지 박정호였다.

"박정호 씨와 얽힌 것으로 추정됩니다. 오태훈이 낸 사고 현장을 처음 발견하고 신고한 게 박정호 씨일 가능성이 있어요. 단지 추측일 뿐 확실한 건 아무것도 없습니다. 그리고 이 부분은 지금으로서는 사실 확인이 다소 어렵습니다."

"오태훈이 구속당하고 실형을 살게 된 시점에 서연우 씨의 양친이 실종되었죠. 실종 한 달 전부터 낯선 방문객들이 종종 찾아왔다는 서연우 씨의 증언이 있었고요."

뒤이어 김승태가 손을 뻗어 이성민의 태블릿 화면을 다음 페이지로 넘겼다.

"다음은 '자재 기업 비서 살인 사건'이요. 살인 사건이 일어났던 무렵 출소한 오태훈은 동신인력에 몸을 담고 있었어요. 그때 태온기업 쪽에서 동신인력에 운수 하청을 맡겼고, 그걸 도맡아 하던 게 오태훈이었습니다. 오태훈은 살인 사건이 일어나기 이틀 전에 일을 받아서 태온기업 쪽에 물건을 옮겨줬답니다. 오태훈이 운전한 짐차에 뭐가 들었는지는 아무도 모르고."

"그 일을 굳이 오태훈을 콕 집어 시킨 것을 보아하니 짐이 뭔지는 대충 짐작할 수 있죠. 그것도 지금 와서 사실 관계를 확인하기는 어려워요."

이성민이 김승태의 말을 받아 이야기를 이어갔다.

"그리고 동신인력 사장의 정체가 아직 불명이에

요. 조사하고 있습니다만 쉽지는 않네요. 뭔가 있다는 것은 확실합니다. 태온과 동신인력 사이에 수상한 연결 고리가 있다는 심증이 더욱 굳어지는 부분이죠.”

관리자를 대리인으로 내세우고 실소유주는 끝끝내 정체를 감추려 발버둥 치는 상황이었다. 전화번호를 추적하고 수소문도 해봤지만 배후를 밝히기란 쉽지 않은 일이었다. 이성민이 계속해서 설명했다.

“같은 시기 살인 사건의 범인으로 지목된 김수호 씨가 소속된 경호업체가 태온의 의뢰를 받아 근무 중이었습니다. 건축 자재를 공급하는 기업에서 왜 경호업체가 필요했는지는 아직 잘 모르겠습니다만……."

“당시에는 값비싼 자재가 들어온 뒤 절도 미수 사건이 몇 번 벌어져서 고용한 거라고 했죠. 특수 주문이라고 했는데, 그때 태온에 근무했던 직원도 자세히는 모른다고 하더라고요. 김수호 씨가 근무했던 경호업체 측도 그게 뭔지는 잘 모르는 눈치였습니다.”

다시 김승태가 덧붙였다. 가만히 듣던 서연우가 끼어들었다.

“어쩌면 경호가 아니라 경호업체에 소속된 사람과 접촉할 구실이 필요했던 걸지도 몰라요.”

“접촉할 구실이라……."

살짝 미간을 찌푸린 최정훈이 중얼거렸다.

"경호업체 쪽은 샅샅이 털어봤는데 딱히 건질 만한 건 없었어. 그렇다면 업체 자체보다는 거기에 소속된 개인에게 볼일이 있었는지도 모르겠군. 경호업체 안에 마약 쪽 공범이 있었던 거야."

"김수호 씨는 엉겁결에 휘말렸겠네요. 살해당한 피해자도 그렇고요."

커피가 식어가는 잔을 만지작대며 서연우가 다시 운을 뗐다.

"사실 이쪽도 여러 가지 가능성이 있어요. 마약 일에 적극적으로 개입했다가 실수를 저질러서 제거당했다거나. 무고한 사람이 우연히 마약과 관련된 일을 목격하고서 입막음당했을지도 모르죠. 이것도 지금은 확인할 수 없게 되었네요. 하지만 한 가지 단서가 될 만한 걸 꼽자면……."

서연우가 턱을 받치고 고개를 기울였다. 그의 까만 눈동자가 최정훈에게 가서 닿았다.

"김수호 씨가 소장님이랑 마지막으로 통화했을 때요. 본인이 범인이 아닌 증거를 가지고 있다고 했다면서요."

"그랬지. 결국에는 확인 못 했지만."

최정훈은 새삼 그와의 통화를 다시 떠올려보았다.

"그 증거가 어떤 종류인지도 딱히 못 들었어. 전화도 나중에 알고 보니 공중전화로 걸었고."

"공중전화 위치는 알아봤어요?"

"김수호의 차량이 발견된 저수지로 들어가는 도로에 있었어. 그래서 통화를 마친 뒤에 얼마 지나지 않아서 사망한 거라고 추측했지."

최정훈의 대답에 서연우가 다시 질문을 던졌다.

"그때까지는 경찰에 계셨잖아요. 경찰 쪽에서는 뭐래요?"

"의미 없는 증언 취급받았지. 범인 사망으로 사건을 종결하려던 분위기인 데다 나도 상당히 꼴통 취급을 받고 있었으니까."

팔짱을 낀 최정훈이 의자에 등을 기댔다.

"난 처음부터 김수호가 범인이 아닐 거라고 주장했거든. 딱히 친분 때문에 편을 든 건 아냐. 당시 증거들이 지나치게 작위적인 부분이 많았고, 그 부분을 납득할 수 없었지."

그러다가 상부의 눈 밖에 났다. 김수호가 자신이 누명을 썼다는 증거를 가지고 있다 말했다고 보고했지만 아무도 귀 기울여주지 않았다.

“종내에는 상부에서 압박이 들어왔지. 그러다가 나까지 김수호와 공범으로 몰릴 수 있으니 입 다물고 있으라고. 그쪽에서 환멸을 느끼고 나왔던 건…… 데…….”

말을 이어가던 최정훈이 문득 이상한 것을 깨닫고 말을 흐렸다. 꺼림칙함을 가득 담은 시선이 천연덕스레 커피를 홀짝거리는 서연우에게 향했다.

“야, 내가 예전에 경찰이었다고 말한 적 있었나?”

“아뇨? 직접 말은 안 해주셨어요. 그냥 지레짐작했을 뿐이에요.”

서연우가 뭐가 문제인지 모르겠다는 얼굴로 되묻는 말에 이성민과 김승태의 얼굴에도 한순간 질렸다는 기색이 드리웠다. 서연우가 어리둥절하게 고개를 기울였다.

“왜 그렇게 보세요?”

“……아니다, 아무것도.”

잠깐 입을 꾹 다물고 있던 최정훈은 말머리를 돌려버렸다.

“어쨌든 그런 사정으로 경찰에서 나왔고, 수사는 그대로 종결되었지.”

“그렇다면 김수호 씨가 가지고 있다는 증거에 대

한 단서도 거의 없는 셈이네요.”

서연우의 관심은 다시 김수호가 가지고 있었다던 증거 쪽으로 옮겨 갔다.

“범인이 아닌데 그렇게까지 도망치려 했던 데에도 분명히 이유가 있겠죠. 굳이 공중전화를 이용한 것도 조금 의아해요.”

“개인 휴대폰을 사용하면 위치를 쉽게 추적당할 수 있어서가 아닐까요?”

김승태의 말에 서연우는 고개를 내저었다.

“그 부분을 이야기하는 게 아니에요. 만약에 김수호 씨가 말한 증거가 사진이나 문서, 녹음, 동영상 같은 데이터였다면 스마트폰으로 쉽게 전송할 수 있잖아요.”

김승태와 이성민에게서 짧은 탄식이 터져 나왔다. 최정훈이 서연우를 재촉했다.

“계속 이야기해봐.”

“그 증거라는 게 판을 완전히 뒤집을 정도로 결정적인 거였다면 경찰에 자진 출두하는 쪽이 빨랐을지도 몰라요. 설령 내키지 않았다더라도 친구인 소장님한테 증거를 보여주는 게 우선이잖아요. 경찰 추적을 두려워했다면 먼저 자료를 전송한 뒤 휴대폰을 없애

버리는 편이 나았을 거예요.”

“그렇……죠.”

이성민이 애매하게 고개를 끄덕이자 김승태가 턱을 괴며 시선을 아래로 떨어뜨렸다.

“그렇다면 데이터로 전달하기 어려운 증거인지도 모르겠네요. 아니면 휴대폰을 사용하기 힘든 상황이었다거나.”

“아니면 그때는 이미 휴대폰이 김수호 씨에게 없었던 거 아닐까요?”

서연우가 툭 내뱉은 말에 최정훈이 반박했다.

“아닐 거야. 유류품 중에 그 녀석이 쓰던 휴대폰도 발견됐으니까.”

“그렇게 단정 지을 수 없는 게요…….”

서연우는 잠깐 뜸을 들이며 말끝을 흐리다 덧붙였다.

“만약에 김수호 씨가 경찰 외의 누군가에게 쫓기는 중이었고, 그러다 살해당했다면요. 김수호 씨를 살해한 다음 빼돌렸던 휴대폰을 시신 옆에서 발견되도록 일부러 남겨두는 것도 어렵지 않아 보여서요. 특히 시신이 발견된 상황도 그렇고요.”

우발적으로 살인을 저지른 뒤 도주하다 중압감을 이기지 못해 자살. 그게 당시 경찰이 내린 결론이었다. 서연우의 차분한 목소리가 카페의 은근한 재즈 음악 위에 조용히 올라탔다.

"김수호 씨는 차를 몰고 스스로 저수지에 뛰어들었다고 보도가 되었잖아요. 듣자 하니 몇 번 충돌한 뒤 차가 침수했다던데. 사고가 꽤 크게 났다면서요? 차량도 거의 반파되었고. 그렇다면 유류품도 한군데 모여 있지는 않았을 것 같은데요."

"정확해. 몇 개는 차 안에서 발견되었고, 사고가 나면서 튕겨 나간 물건도 제법 많았는데……."

잠깐 말끝을 흐리던 최정훈이 인상을 구겼다.

"휴대폰도 그랬지. 차량 근처에서 침수된 상태로 발견했어."

그렇다면 누군가가 빼돌렸던 김수호의 휴대폰을 사고 직후 저수지에 던져 넣었을 가능성 역시 분명히 존재했다. 이성민이 손을 들고 물었다.

"굳이 휴대폰을 빼앗은 이유는요?"

"혹시 남아 있을지도 모르는 증거를 없애기 위해서가 아니었을까요? 김수호 씨가 거래 현장을 촬영했거나 동영상으로 남겨뒀을지도 모르니까요. 하지만 정작 확인해보니 그럴듯한 건 나오지 않아서 다시 시신 옆에 던져두었고요."

서연우가 다시 한번 강조해서 덧붙였다.

"미리 말씀드리지만 어디까지나 추측에 불과하니까요. 이것도 다 살인 동기가 마약이라고 확정되었을 때나 통할 만한 가설이에요."

"나도 알아. 그런데 지금은 이게 최선이니까."

최정훈이 언짢게 미간을 찌푸렸다. 오래된 일인 데다 증거도 없고 수사마저 종결되었으니 지금 와서 검증할 수 있는 것은 얼마 없었다. 그러니 지금은 이것이 한계였다. 최대한 많은 선택지를 내어놓고 그중 가장 진실과 거리가 먼 것부터 제외하며 정답을 가려내야만 했다. 잠깐 생각하던 서연우가 다시 운을 뗐다.

"어쨌든 소장님을 만나야겠다고 생각한 건 확실해요. 일부러 공중전화까지 찾아서 전화를 건 것을 보면요. 소장님은 경찰이었고, 김수호 씨는 경찰에 대한 확신이 없어 적극적으로 나서지 못했던 것 같지만요."

"아마 그렇겠지. 이미 휴대폰이 없었다고 하더라도 그 녀석은 일단 나랑 연락만 되면 증거를 넘길 수 있다고 여겼던 거야."

현장에서는 태블릿이나 노트북 등 다른 전자기기는 발견되지 않았다. 쫓기던 김수호는 당장 인터넷에 접속할 처지도 못 되었다. 그렇다면 그 증거는 사진이나 데이터가 아니라 직접 만나야만 전해줄 수 있는 현물일 가능성이 컸다. 그들은 다시금 고민에 빠져들었다. 이성민이 인상을 찌푸리며 팔짱을 꼈다.

"김수호 씨가 가지고 있다던 증거는 어디로 갔을까요? 살해한 뒤에 범인들이 회수했을까요?"

"그러기는 힘들지 않았을까?"

김승태가 곧장 반박을 꺼냈다.

"김수호 씨의 사인은 익사였고, 교통사고 흔적 외의 외상은 발견되지 않았어. 결국 김수호 씨는 방식이야 어떻게 됐든 저수지에 빠진 다음에 사망에 이른 걸 텐데."

"증거도 함께 물속에 가라앉았을 확률이 제일 높아요."

서연우 역시 고개를 끄덕이며 김승태의 말을 거들었다.

"증거를 회수하겠다고 함부로 현장을 건드렸을 것 같지도 않고. 꼬리를 잡힐 위험이 더 커질 테니까."

"그도 그러네요. 하지만 증거를 그냥 남겨두는 것도 위험하지 않나 싶은데……."

끙 앓는 소리를 내며 이성민이 다시 고민에 빠져들었다. 일리가 있는 말이었다. 사람을 죽여서 입막음

하는 자들이 김수호가 빼돌린 증거를 그냥 남겨두지는 않았을 듯했다.

"그걸 알아내려면 우선 살해 방식부터 생각해봐야겠는데."

최정훈이 혼잣말처럼 중얼거렸다.

"차에서 내리게 한 다음 증거를 회수하고 다시 차에 태워 사고사로 위장해 살해했거나…… 아니면 김수호를 차에 태운 채로 모종의 방법을 이용해 저수지에 밀어 넣었다거나. 크게 보자면 이 둘 중 하나겠지."

"김수호 씨를 차에서 내리게 하는 건 상당히 힘들지 않았을까요?"

가만히 듣던 서연우가 지적했다.

"경호업체에서 일하셨다면서요. 몸싸움으로 쉽게 제압할 상대는 아닐걸요? 게다가 위협당하는 상황을 인지했다면, 스스로 차에서 내리지도 않았을 테고요."

"네 말대로야. 덩치가 크고 힘도 센 녀석이니 굳이 정면으로 치고받을 생각은 안 했겠지. 혹시 놓칠지도 모르니까."

최정훈은 순순히 긍정했다. 서연우가 살며시 인상을 찌푸렸다.

"김수호 씨가 차에서 내리지 않았다고 가정한다

면…… 범인도 김수호 씨가 가진 증거를 회수하지 못했다는 말이잖아요. 김수호 씨가 살해당한 이유는 단지 비서 살인 사건 때문이고, 범인은 김수호 씨가 증거를 가지고 있다는 사실을 몰랐던 걸까요? 그렇다면 증거품은 김수호 씨가 사망한 현장에 여전히 수장되어 있다는 뜻인데."

"그때 경찰이 인력을 동원해서 샅샅이 뒤졌어. 그럴듯한 게 있었다면 경찰 쪽에서 먼저 찾아냈겠지."

최정훈이 대꾸했다. 사건의 판도가 뒤집힐 만한 증거를 경찰이 놓쳤을 확률은 그리 높지 않았다. 범인 측은 물에 잠긴 증거를 일부러 회수하기란 쉽지 않았을 것이다. 언제 경찰이 찾아낼지 모를 증거를 내버려두는 것도 불안한 일이었을 터였다.

네 사람은 다시 생각에 잠겼다. 테이블 위에 침묵이 흐르며 부드러운 재즈 음악이 그 자리를 채웠다.

"……한 가지 더 생각해볼 수 있어요."

이번에도 여지없이 서연우가 침묵을 깼다. 턱을 짚고 시선을 아래로 내리깐 그에게 의아한 시선이 모였다. 서연우는 확신 없는 목소리로 말했다.

"범인들은 김수호 씨가 빼돌린 증거가 무엇인지 알고 있었어요."

"어째서요?"

김승태가 의아하게 묻자 서연우가 그제야 고개를 들고 덧붙였다.

"그 증거는 물에 빠지는 순간 효력을 잃어버리는 거였죠. 그렇게 생각하면 대충 앞뒤가 맞지 않아요?"

가만히 듣던 이들은 허를 찔린 표정이었다. 이성민이 얼떨떨하게 중얼거렸다.

"차가 물에 가라앉은 걸 확인한 순간 범인의 목적이 다 달성됐다는 거네요."

그럴듯한 가정이었다. 경찰이 미처 발견하지 못한 것도 말이 됐다.

딸랑! 맑은 종소리가 카페 입구 쪽에서 들려왔다. 손님이었다.

"아, 이런."

서연우가 어색한 미소를 지었다. 나머지 세 사람의 입 역시 딱 다물렸다. 흉흉한 사건에 관해 회의하던 현장이 순식간에 평화롭고 고즈넉한 카페 한편으로 돌아왔다. 자리에서 몸을 일으킨 서연우가 어느새 모두 비어버린 일행의 잔들을 회수했다.

"잠깐 다녀올게요. 뭐 더 드시고 싶은 거 있으면 말씀하세요."

"……아이스 아메리카노."

"아이스 바닐라라테로 부탁드릴게요."

"저는 카페라테로 부탁드립니다. 차갑게."

서연우가 웃으며 고개를 끄덕였다.

"잠시 다녀올 테니 말씀들 나누고 계세요."

팽팽하게 오가던 긴장감이 순식간에 맥없이 풀려 버렸다. 김승태와 이성민이 손을 살랑살랑 흔들며 서연우를 배웅했다. 이러니저러니 해도 이곳은 카페 '새벽'이었다.

○

이성민과 김승태는 얼마 뒤 외근에 나서고 다시 한산해진 카페에는 최정훈과 서연우만 남았다. 해가 뉘엿하게 기우는 시간 은근한 노을빛이 쇼윈도 너머에서부터 카페를 가득 채웠다. 오전보다 좀 더 짙어진 커피 향이 밴 서연우가 차가운 아메리카노와 자기 몫의 따뜻한 드립 커피를 들고 다시 테이블로 돌아왔다.

"손님이 많네. 평일인데도."

서연우가 내민 커피를 사양하지 않고 받아 든 최정훈이 툭 내뱉었다. 그의 맞은편에 앉은 서연우가 기분 좋게 미소 지었다.

"오늘따라 더 그러네요. 멀리서 찾아오신 분들도 계세요. 시험 기간에 공부하러 오는 대학생들도 있고."

건물에서 세를 받지만 지금껏 지켜본바 카페의 매상만으로도 그럭저럭 생활을 유지할 것처럼 보였다. 시원한 커피를 홀짝이던 최정훈이 문득 물었다.

"그러고 보니 카페는 왜 하는데? 아무 일 안 해도 먹고살 수 있잖아, 너. 박정웅 사장님도 있고, 이 건물도 있으니까."

"뭐어…… 그 말씀도 틀린 건 아니지만요."

다소 무례할 수 있는 질문이었지만 서연우는 기분 나쁜 기색도 비치지 않고 눈동자를 데굴 굴리기만 했다. 찻잔을 매만지던 서연우가 입을 열었다.

"큰아버지가 도와주신 덕에 대학도 적당히 졸업했지만 그 뒤가 막막하더라고요. 솔직히 몇 년 전까지만 해도 멍하니 살았으니까요. 부모님의 흔적을 찾는 데만 매달리고."

마치 남 이야기를 하는 것처럼 느긋한 어조가 이어졌다.

"생활이 완전히 망가져버려서 큰아버지가 무슨 일이라도 해보라고 권유해주셨어요. 평범한 회사에 취직하면 두 분을 찾을 시간이 없을 것 같았고, 멀쩡히 사회생활을 할 자신도 없었어요. 솔직히 대학교도 다니기가 상당히 버거웠거든요.”

지금으로서는 상상이 안 되었지만 어린 나이에 갑자기 가족이 없어졌으니 당연한 일이었다.

“그래도 뭐든 해봐야겠다고 고민하다가 문득 생각난 게 커피였어요. 아버지랑 어머니, 두 분 다 커피를 좋아하셨거든요. 예전에는 아버지랑 같이 커피 공부를 한 적도 있고. 문득 그 생각이 났어요. 저도 커피를 좋아하거든요.”

서연우가 장난스럽게 씨익 웃었다.

“그래서 뭐, 있는 건 돈밖에 없겠다. 이왕 하는 거 제대로 해보자 싶어서 자격증부터 따고 바로 열었어요. 마침 이 건물에도 자리가 나서 일사천리로 진행되더라고요.”

“잘나가다가 얄미운 소리 덧붙이는 거 봐. 돈 많아서 좋겠다, 그래.”

그를 곱지 않게 흘겨본 최정훈이 다시금 아메리카노를 입에 머금었다. 서연우는 농담처럼 말하지만 이 카페는 커피가 유달리 맛있었다. 맛이 있든 없든 입에 넣을 수만 있다면 안 가리고 다 먹는 최정훈조차 이

제 다른 곳의 커피는 성에 안 찼다.

"좋죠, 그럼. 돈이 많아서 안 좋을 건 전혀 없죠."

서연우가 농담기를 듬뿍 섞어 흥얼거리듯 대답했다.

머무는 시간이 길어지며 최정훈은 몇몇 단골손님을 알아보게 되었다. 첫날 마주쳤던 노부인은 오늘도 아포가토를 주문해 오랫동안 책을 읽다 돌아갔고, 근처 오피스텔의 경비원은 동료의 몫까지 아이스티를 테이크아웃해 갔다. 공부하러 왔던 학생은 카운터에 서서 서연우와 한참 동안 시답잖은 대화를 나눴다. 손을 꼭 잡고 찾아온 노부부는 서연우가 추천해준 차를 사이에 두고 두런두런 담소를 주고받았다. 그 뒤 근처에서 샀다며 서연우에게 쿠키 한 상자를 쥐여주기도 했다. 유난히 향기로운 커피에 이끌린 사람들은 이 공간 특유의 고즈넉함과 그 분위기를 만들어내는 서연우라는 인간에 붙잡혀 몇 번이고 카페의 턱을 넘나든다.

"저한테 딱 맞는 일이에요. 사람들이랑 많이 접할 수도 있고. 한창 친구를 사귈 수 있던 시절에는 방황하느라 제대로 된 인간관계를 만들지 못했으니까요. 그런 것 치곤…… 뭐. 이미 짐작하셨겠지만 사람을 너무 좋아하거든요. 혼자 있는 것도 별로 좋아하는 편은 아니고."

서연우가 머쓱하게 미소 지었다. 최정훈이 굳이 대꾸하지 않고 커피를 들이켜다 문득 물었다.

"지금은 김수호 사건 위주로 이야기는 나누고 있다만 네 부모님 일은 어쩔 건데?"

여러 가지 의미를 내포한 물음이었다. 두루뭉술한 말에 서연우는 잔을 매만지며 느긋하게 대답했다.

"이대로 가다 보면 어떻게든 마주하게 되겠죠."

언제나 그렇듯 조곤조곤한 어조에는 묘한 확신과 체념이 서려 있었다. 최정훈은 '어떻게든'이라는 단어가 마음에 걸렸다. 잠깐 뜸을 들이던 최정훈이 툭 내뱉었다.

"이왕이면 바람직한 방식이 좋겠는데. 그래야 나도 의뢰비 받는 보람이 있으니까."

"하하. 글쎄요. 제일 바람직한 건 피차 무사한 상황에서 재회하는 거겠지만……."

서연우가 쓰게 미소 지었다.

"솔직히 지금 와서 그렇게 기대할 만한 근거는 별로 보이지 않네요."

보통 이럴 때는 빈말이라도 위로를 건네야 하겠지

만 어쩐지 쉽사리 입이 열리지 않았다. 낙관론을 펼치기에는 상황이 지나치게 나빴다. 실종자를 찾는 것보다 당장 이 일에 개입한 자신들의 안위부터 걱정해야 할 판이었다.

최정훈은 향긋하고 쓴 커피만을 들이켰다. 그를 물끄러미 보던 서연우가 다시 입을 열었다.

"그래도……."

최정훈이 고개를 들었다. 어느새 서연우의 낯에서 미소가 사라져 있었다.

"그래도 한 번쯤 다시 뵐 수 있으면 좋겠어요."

기대하지 못하는 것과 바라지 않는 것은 또 달랐다. 눈앞에 보이는 사실을 담담히 받아들이는 것과 상처받지 않는 일이 별개이듯이. 습관처럼 잔을 매만지며 잠깐 시선을 떨어뜨렸던 서연우가 이내 어설프게 웃었다.

"뭐, 이것도 작은 어리광이죠. 죄송해요. 그냥 흘려들으세요."

지금도 최정훈이 신경 쓸까 걱정했다. 서영우는 그런 사람이었다. 그 사실이 조금 언짢아진 최정훈이 타박을 놓았다.

"남 이야기는 잘도 들어주면서 왜 네가 털어놓는

건 어리광이라고 생각해?”

“네?”

서연우가 눈을 깜빡였다. 최정훈이 한마디 핀잔을 더 얹었다.

“너도 똑같은 사람이라고, 네 손님들이랑. 넌 네가 무슨 걱정 들어주는 인형인 줄 알아?”

“그렇게 생각한 적은 한 번도 없는데요.”

눈을 깜빡이던 서연우가 멍하니 대답했다. 최정훈이 그에게 노골적으로 한심하다는 시선을 보냈다.

“생각 안 했으면 뭐 해, 하는 짓이 그런데.”

젊은 카페 주인은 유순한 눈망울로 조금 놀랐다는 듯 최정훈을 가만히 응시할 뿐이었다.

“어쨌든 나는 그래도 생존해 있을 가능성을 염두에 두고 조사 중이야. 일단은 그렇게 알아둬.”

조금 머쓱해진 최정훈은 슬쩍 시선을 피하며 퉁명스럽게 덧붙였다.

“혹시나 사건에 휘말린 거더라도 무사할 가능성은 분명히 있어. 국내가 위험하면 해외로 도망치는 방법도 있으니까. 경제적 능력도 충분히 있는 사람들이니 추적당하지 않고 어떻게든 몸을 숨겼을지도 모르지.”

사실 그럴 일은 거의 없다는 걸 최정훈 역시 잘 알

고 있었다. 평범하게 살던 부부가 그런 복잡한 방법을 써서 종적을 감추기란 쉽지 않았다. 다만 그렇게라도 말하고 싶었다. 당장 서연우의 눈가에 그림자가 진 것이 마음에 들지 않은 탓이었다.

"소장님은 진짜……."

작게 중얼거리던 서연우가 피식 웃음을 터뜨렸다.

"위로하는 방식이 진짜 이상한 거 아세요? 하여튼 사람이 꼬였다니까."

"시끄러워. 그리고 애초에 위로 같은 거 할 생각 없거든."

최정훈이 짜증스럽게 투덜거렸지만 서연우는 소리 죽여 웃는 것을 멈추지 않았다. 괜히 민망해진 최정훈은 뚱한 얼굴로 커피를 들이켰다. 반쯤 빈 유리컵 위로 해 질 녘의 햇살이 미끄러졌다.

그리고 며칠 후 최정훈은 자신이 건넨 어설픈 위로가 얼마나 안일했는지 깨달았다. 급한 연락을 받고 나갔던 이성민에게서 연락이 왔다.

"소장님, 찾았어요."

해가 뜨기 직전 가장 어두운 새벽 시간이었다. 최정훈은 사무실 소파에서 간신히 눈을 붙이다 벨 소리에 눈을 떴다.

"찾다니, 뭘?"

"그……."

이성민은 평소답지 않게 한참 망설였다. 결국 참을성을 잃은 최정훈이 소파에서 몸을 일으키며 따져 물으려는 찰나 이성민이 주저하며 말을 이었다.

"연우 씨 양친의 차량이요."

순간 남아 있던 졸음기가 확 달아났다.

"뭐?"

"두 분도 같이 발견됐어요."

심장이 떨어지는 기분이었다. 아연해진 최정훈이 눈만 깜빡이는 중에 수화기 너머에서 이성민의 가라앉은 음성이 천천히 흘러나왔다.

"차량 운전석이랑 조수석에서…… 남녀의 백골이 발견됐는데 아무래도 정황상 그 두 분 같아요."

"……일단."

정신을 가다듬은 최정훈이 다시 입을 열었다. 피로 탓인지, 아니면 당황 했는지 목소리가 조금 갈라져 나왔다.

"거기 어디야?"

"폐쇄된 항구 쪽이요. 앞바다에 차량이 침수된 채로 발견됐어요. CCTV도 없고, 항구도 안 쓴 지 꽤 오래된 곳이에요. 그래서 지금까지 못 찾았나 봐요."

탁. 최정훈은 저도 모르게 이마를 세게 치고 그대로 얼굴을 쓸어내렸다. 머리가 지끈지끈 아파왔다. 위로하는 방식이 잘못됐다며 장난스럽게 웃던 서연우의 얼굴이 떠올랐다.

○

최정훈은 해안 지역의 경찰서 앞에서 두 직원과 재회했다. 이미 밤은 지나고 해가 휘영청 뜬 오전, 흡연 구역에 놓인 벤치에서 줄담배를 피우던 두 사람은 급하게 달려오는 최정훈을 발견하고 동시에 몸을 일으켰다.

"길을 하나하나 다 확인했다고?"

이성민이 간략하게 들려준 보고에 최정훈이 되물었다. 이성민이 피로한 얼굴로 고개를 끄덕였다.

"네, 그것 말고는 도무지 생각나는 방법이 없어서요. 이판사판이다 싶어 갈 만한 루트를 체크해 조사했어요. 그렇다고 진짜 무턱대고 뒤진 건 아니고요."

이성민과 김승태가 서연우의 부친 박정호의 차량을 찾아낸 데는 상당한 행운과 우연이 작용했다. 중고

차 시장을 뒤지다가 별 소득을 얻지 못한 그들은 다른 쪽으로 시선을 돌렸다. 차량이 마지막으로 목격된 지점부터 주변을 이 잡듯 뒤지기 시작했다. 10년이 되어가는 일이니 남은 CCTV도 목격자도 없었다. 김승태가 이성민을 대신해서 설명을 이었다.

"경찰이 실종 사건을 가출 사건으로 마무리해버렸다지만 그래도 어느 정도 찾는 시늉은 했잖아요. 연우 씨가 넘겨준 자료 중에 차량이 찍힌 CCTV 화면도 몇 개 있었고."

"그런데 어느 시점부터는 CCTV에도 포착되지 않았다고 하니 발상을 좀 바꿔봤죠. 어쩌면 일부러 카메라가 없는 도로로 움직인 게 아닌가…… 하고."

반쯤 탄 담배의 재를 털며 이성민이 덧붙였다. 대한민국 도로는 감시 카메라가 없는 곳을 찾기가 더 힘들었다. 그 점에서 두 사람은 힌트를 얻었다. 이성민의 목소리가 이어졌다.

"감시 카메라를 완전히 피하기는 어려워도 카메라가 없는 구간을 경유하는 것 정도는 가능해요. 10년 전쯤에는 작은 국도나 좁은 길에는 카메라가 없는 곳이 종종 있었고요. 그래서 그쪽 길을 따라서 조사했습다. 아, 하이패스나 톨게이트가 있는 곳도 뺐어요."

담배 한 개비를 더 꺼낸 김승태가 다시 이성민의 이야기를 받았다.

"그런 식으로 하나씩 제외하니까 길이 몇 개 안 남더라고요. 그러다 해안가로 통하는 루트를 발견했어요. 상당히 빙 둘러서 가는 길이긴 했는데."

"그래서 이거다 싶은 마음에…… 외근 마치고 난 뒤 이 녀석이랑 같이 직접 그 길을 따라가봤어요. 그랬더니 그 버려진 항구가 나오더라고요."

이성민이 김승태를 고갯짓으로 가리키며 덧붙였다. 최정훈이 다시 인상을 구기며 물었다.

"차가 가라앉아 있다는 건 어떻게 알았고?"

"거기 아주 옛날부터 드나들었다는 낚시꾼 영감이 한 명 있었어요. 오늘…… 아, 이제 어제구나. 하여튼 우연히 그 영감을 마주쳤는데."

이성민이 답을 내어주었다.

"혹시나 싶어서 물어보니까 몇 년 전 태풍이 친 다음에 흰색 차가 바다 밑에 떠 있는 걸 얼핏 봤대요. 불법 폐기된 차인 줄 알고 신고도 안 하고 내버려뒀더니 며칠 뒤부터는 완전히 가라앉았는지 안 보이더라고요. 하……."

결국 이성민은 억눌러왔던 한숨을 푹 내쉬며 미간

을 꾹꾹 눌렀다. 그 증언을 들은 순간 두 사람은 등줄기가 서늘해지는 것을 느꼈다. 당장 근처 해양 경찰에 신고했고, 해경은 몇 시간도 안 되어 오랫동안 바다 아래에 가라앉아 있던 박정호의 차량을 찾아냈다. 운전석과 조수석에 앉은 두 구의 백골과 함께. 걱정이 한가득 담긴 얼굴로 김승태가 경찰청 건물을 바라보았다.

"……괜찮을까요, 연우 씨. 각오는 한 것 같았지만 그래도 사람 마음이라는 게 그렇잖아요."

최정훈과 함께 온 서연우는 곧장 시신의 신원 확인을 위해 경찰들과 동행한 상태였다. 이성민도 조심스럽게 물었다.

"연우 씨는 어땠는데요? 소장님이 데리고 온 거잖아요."

"글쎄……."

최정훈은 쉽사리 대답하지 못했다. 며칠 전 함부로 입에 담았던 어쭙잖은 위로가 떠올랐다.

"어떻고 자시고 아무 말도 안 하던데."

함께 오는 내내 서연우는 조수석에 앉아 무슨 생각을 하는지 모를 얼굴로 멍하니 창밖만 바라보았다. 경찰서에 들어가면서는 너무 오래 걸릴지 모르니 먼저 돌아가라는 말까지 남겼다.

"이걸로 한 가지가 더 확실해졌네요. 서연우 씨 양친의 사건과 김수호 씨 사망 사건, '자재 기업 비서 살인 사건'이 어떻게든 연결되어 있다는 거. 아무리 생각해도 우연 따위가 아니에요. 하필 김수호 씨와 완전히 똑같은 방식으로……."

괴롭게 운을 뗀 김승태가 짜증스럽게 머리를 벅벅 헝클어뜨렸다.

"젠장, 죄송해요. 소장님, 솔직히 소장님이 지금껏 그 살인 사건의 진범을 쫓는다고 하셨을 때 절반도 안 믿었어요. 그런데 설마 이런 식으로 확인하게 되다니."

입을 다물고 있던 최정훈이 물었다.

"경찰은 뭐래?"

"자살로 보는 것 같더라고요. 좀 더 조사해야 알겠지만 일단 겉보기에는 자살이라는대요."

이성민이 마뜩잖은 얼굴로 대꾸했다. 전후 사정을 알지 못했다면 그들도 비슷하게 판단했을 듯했다. 현장은 차를 몰아 바다에 투신한 것으로 보였다. 이성민의 목소리가 이어졌다.

"딱히 싸움이 있었던 흔적도 없고 김수호 씨 때와 다르게 차도 깨끗해 보이더라고요. 어디에 충돌한 것 같지도 않고. 안전벨트까지 단단히 맨 상태였던 것 같아요."

차가 완전히 가라앉고 숨이 끊어지기까지 부부는 어떠한 저항도 하지 않았다는 뜻이다. 게다가 두 사람이 차량을 추적한 방식을 생각해보면 그 항구까지 직접 운전했다는 말이 된다.

"갈수록 태산이네요, 진짜."

"내 말이."

김승태가 얼굴을 쓸어내리며 탄식을 터뜨리자 이성민이 조용히 맞장구쳤다. 최정훈은 품에서 담배를 꺼내 물었다. 하필 이럴 때만 말썽을 부리는 라이터는 틱틱 몇 번 허술한 소리를 내고서야 불이 붙었다. 담배를 크게 한 모금 들이켠 최정훈이 한숨을 섞어 길게 연기를 토해냈다.

"……서연우의 의뢰는 이걸로 끝이군."

젊은 카페 주인이 맡긴 의뢰는 최정훈이 심부름센터를 연 이래 가장 최악의 방식으로 종료되었다. 그들의 몫은 양친의 행방을 찾는 데까지였으니까.

"하아아……."

세 사람의 입에서 동시에 한숨이 터져 나왔다.

핸드 드립 커피

"신원은 확인했어요. 두 분 소지품이 그대로 남아 있어서 그다지 어렵지 않더라고요."

유난히 피로가 묻어나는 얼굴을 하고 서연우가 상황을 공유해주었다. 시신을 발견하고 이틀 뒤 낮이었다. 카페 '새벽'은 오늘도 고즈넉하고 평화롭기만 했다. 은은한 음악이 흐르고 세 사람분의 마실 것을 준비하느라 은은하게 퍼진 커피 향이 빈 카페를 채웠다.

"아무래도 영업은 못 하겠더라고요. 그래서 오늘 손님은 안 받기로 했으니까 편하게 계세요. 이래저래 힘써주셔서 감사해요. 덕분에 두 분을 찾을 수 있었어요."

창백한 얼굴로 미소 짓는 서연우를 마주한 세 사람은 아무 말도 못 했다. 눈동자만 굴리던 이성민이 한참 만에 눈치를 보며 입을 열었다.

"저, 연우 씨…… 이런 식으로 양친을 찾게 되어서 유감입니다. 저희가 도울 게 있다면 말씀해주세요. 이래저래 절차도 복잡할 테고.”

“괜찮아요. 이미 각오한 일이고. 장례랑 유품 인계는 조금 미루기로 했어요.”

서연우의 담담한 대답에 최정훈이 눈을 조금 크게 떴다.

“왜?”

최정훈이 당황해 묻는 말에 서연우가 차분하게 말을 이었다.

“이대로 시신을 인계받고 장례를 치러버리면 경찰과 연결 고리가 끊어질 것 같아서요.”

조용한 카페에 서연우의 목소리가 선명하게 새겨졌다. 언제나 그렇듯 차분했지만 묘하게 건조하게 들렸다. 세 사람은 입을 꾹 다물었다. 한참 만에 최정훈이 한탄처럼 말했다.

“……너, 발 안 뺄 생각이구나.”

시신을 찾는 것으로 의뢰는 종료되었다. 하지만 서연우는 물러설 생각이 전혀 없는 듯했다.

“죄송해요. 경찰이 자살이라고 단정 지어 말했어요. 그걸 반박하고 수사를 요청하긴 했는데 큰 기대는 할 수 없을 것 같아요.”

서연우가 조곤조곤 대답했다. 검은 눈동자가 바닥

을 향했다. 자주 사용하는 머그잔 안에서 그가 입도 대지 않은 커피가 차갑게 식어가고 있었다.

"실종되신 날 입고 나간 옷차림 그대로였어요. 아마 그날 집에서 나간 지 얼마 되지 않아서 돌아가신 것 같아요. 처음부터 죽음을 생각하고 나간 걸 거라고 경찰 쪽에서는 그렇게 말하더라고요. 차도 거의 온전한 상태였고, 사라진 물건도 없으니까요."

습관처럼 손끝으로 손잡이를 매만지던 서연우가 드디어 잔을 천천히 들어 올렸다.

"만약 같은 세력의 소행이라면요. 한번 저질러봤던 일이니까…… 차와 함께 물속에 밀어 넣는 방식으로 흔적 없이 사람을 죽이는 데 성공했으니까. 같은 방식을 사용했다고 봐도 될 것 같아요."

침착함을 가장했지만 커피잔을 감싸 쥔 양손이 잘게 떨렸다. 보다 못한 최정훈이 입을 열었다.

"야, 서연우."

"네?"

멍하니 고개를 들던 서연우의 손에서 잔이 미끄러졌다. 그의 입에서 짧은 탄식이 터져 나오고 요란한 소리를 내며 잔이 깨졌다. 차게 식은 커피가 사방으로 튀자 세 사람이 반사적으로 벌떡 몸을 일으켰다.

"야, 야, 괜찮냐?"

최정훈이 급하게 묻는 말에도 서연우는 즉각 반응하지 못했다. 바짓단이 커피에 물들어 엉망이 되었다. 그 주변으로 조각난 파편들이 날카롭게 나뒹굴었다. 이성민이 서연우를 뒤로 잡아끌며 물었다.

"어디 다친 데는 없어요?"

"……괜찮아요. 어제 잠을 거의 못 잤더니."

서연우가 어색하게 웃었다. 결국 최정훈이 짜증을 터뜨렸다.

"누가 봐도 안 괜찮거든, 너? 일단 집에 들어가서 쉬기나 해. 정리는 우리가 할 테니까. 얼굴이 말이 아니라고."

"아니에요. 이따가 큰아버지도 오시기로 했거든요. 큰아버지랑 할 이야기도 있고…… 아, 손대지 마세요. 제가 치울게요."

서연우는 깨진 조각들을 주우려던 김승태를 만류했다.

"빗자루 가지고 올게요. 잠깐 다른 자리에 앉아 계세요. 정말 괜찮아요. 얼빠진 채로 있어서 죄송해요."

결국 세 사람은 주방을 향해 몸을 돌리는 그를 말리지 못했다. 그때. 딸랑! 밝은 종소리가 울렸다. 카페

입구에는 영업을 쉰다는 팻말을 달아둔 상태였다. 닫힌 카페에 손님이 함부로 들어오지는 않을 테니 지금 나타날 사람은 딱 한 명뿐이었다.

"연우야."

서연우가 다시 몸을 돌렸다. 백지장처럼 하얀 얼굴로 박정웅이 문 앞에 서 있었다.

"큰아버지."

서연우가 멍한 얼굴을 하고 웅얼거렸다. 전날까지 출장으로 다른 지역에 있던 박정웅은 소식을 듣자마자 일을 급하게 처리한 뒤 달려왔다. 서둘렀는지 정장 차림에 셔츠 단추는 풀린 채 겉옷을 대충 옆구리에 끼고 있었다.

"연우야, 이게 도대체 어떻게 된……."

다급한 걸음으로 성큼성큼 서연우에게 다가서던 박정웅이 우뚝 멈췄다. 그대로 얼어붙기는 최정훈과 김승태, 이성민 역시 마찬가지였다. 카페 안에 조용한 침묵이 자리 잡았다. 마치 다른 세상의 것처럼 흐르는 음악이 무의미하게 귓가를 스쳤다. 자신이 꾸린 작은 왕국, 고즈넉한 카페에 우두커니 선 서연우는 얼핏 평소와 다르지 않았다. 단정한 옷차림에 느슨하게 맨 앞치마, 그 특유의 부드러운 인상을 자아내는 곱슬머리와 초콜릿을 닮은 새카만 눈동자까지. 하지만 그 발치는 쏟아진 커피로 엉망이었고, 그가 마음에 들어 하던 컵이 산산조각 난 채 제멋대로 나뒹굴었다. 창백한 안색에서는 언제나 드리웠던 생기를 찾아볼 수 없었고, 애써 짓던 미소조차 사라진 낯은 마치 생명의 원천을 잃어버린 사람 같았다. 다만 텅 비어버린 눈동자에서 뚝뚝 떨어지기 시작한 눈물이 서연우가 아직 숨이 붙어 있다는 것을 알려주었다. 멍청히 눈만 깜빡이는 서연우는 제 눈에서 방울방울 떨어지는 눈물조차도 한 박자 늦게 알아차린 듯했다. 서연우는 뒤늦게 제 뺨에 손을 대보고는 조금 놀란 것처럼 눈을 크게 떴다. 손에 들고 있던 옷을 던지고 박정웅이 성큼성큼 다가가 조카를 와락 껴안았다.

"괜찮아, 연우야."

박정웅이 굳은 목소리로 말했다.

"내가 미안하다. 그래도 괜찮을 거야."

졸지에 박정웅의 어깨에 파묻힌 꼴이 된 서연우는 반사적으로 몸을 빼려 했지만 박정웅이 놓아주지 않았다. 숨이 막히도록 단단한 팔 힘을 느끼며 서연우는 가만히 몸을 맡겼다. 텅 빈 마음에 박정웅의 옷에 밴 담배 냄새, 박정웅이 사용하는 방향제 향, 그리고 체온이 스며들었다. 반질반질하게 잘 닦인 구두가 쏟아진 커피와 깨진 잔을 밟고 있었다. 서연우는 그냥 생각하는 것을 그만뒀다. 약한 꼴을 보이지 않기 위해서 아슬아슬하게 붙잡고 있던 마지막 끈을 아예 놓아버린 것이다. 아래로 늘어졌던 서연우의 손이 박정웅을 마주 안았다.

"……이제 어떻게 하죠?"

박정웅의 어깨에 이마를 파묻은 서연우가 털어놓았다. 분명 각오한 일이었다. 충분히 있을 수 있는 일이라 여겼다. 꼬리에 꼬리를 무는 사건을 깊이 파고들수록 그들이 생존해 있을 가능성이 그리 크지 않다는 사실만을 확인할 수 있었다.

"괜찮아. 어떻게든 살아져. 혼자 있지 말고 이제 큰아버지 집으로 들어가자. 들어가서 쉬자. 아무것도 하지 말고."

서연우는 아무런 대답도 하지 않았다. 뚝뚝 떨어지는 눈물방울조차 비현실적으로 느껴졌다. 그러니 혹시나 이런 일이 생기더라도, 오랜 세월 찾아 헤매던 그들의 시신을 마주하는 일이 생기더라도 감내해야 한다며 스스로를 납득시켰다. 그 과정 역시 쉬운 일은 아니었지만 해야 할 일이라 생각했기에 며칠간 밤잠을 설쳐가며 자신을 설득해냈다. 하지만 아무래도 모든 게 무의미했던 듯했다. 자신을 다독이기 위해 지샜던 밤들도, 이런 와중에도 놓지 못했던, 언젠가는 다시 만날 수 있을지 모른다며 고집스레 붙잡고 있던 희망도, 언젠가 최정훈이 투박하게 입에 담았던 위로도.

○

그 후 며칠 동안 새벽 카페는 휴업 상태였다. 최정훈은 생각날 때마다 들러보았지만 언제나 단골손님들로 붐비던 카페는 침묵에 잠겨 있었다. 그동안에도 최정훈은 바빴고, 두 직원 역시 눈코 뜰 새 없이 움직였다. 그러나 사흘, 나흘이 지나도 카페는 문이 닫혀 있었다. 최정훈이 집에 찾아가보았지만 인기척은 전혀 느껴지지 않았다. 서연우는 전화에도 문자 메시지에도 응답하지 않았다. 마침내 일주일이 되던 날 드디어 최정훈은 서연우를 만날 수 있었다. 해 질 무렵 문 닫은 카페 앞에서 정면으로 마주쳤다.

"야, 너……!"

서연우 역시 그를 만날 거라고는 미처 예상치 못

했는지 눈을 휘둥그레 떴다.

"소장님?"

최정훈은 성큼성큼 그에게 다가갔다.

"야, 어딜 갔다가 온 거야? 연락이라도 받든지! 이런 상황에서 갑자기 사라지면 뭐 어쩌라고?"

최정훈이 얼굴을 불쑥 들이밀며 성난 목소리를 쏟아내자 서연우가 어색한 웃음을 터뜨렸다.

"하하, 죄송해요. 사정이 좀 생겨서……."

"사정? 무슨 사정이길래 일주일 동안 잠수를 타?"

최정훈은 빠르게 서연우의 안색을 살폈다. 다소 살이 빠지긴 했지만 혈색이 도는 것이 마지막으로 봤을 때보다 얼굴은 꽤 좋아 보였다. 마음의 짐도 얼마간 털어냈는지 표정 역시 평소와 다를 바 없었다. 그제야 최정훈은 약간 마음을 놓았다. 머쓱하게 미소 짓던 서연우가 최정훈의 팔을 잡아끌었다.

"마침 잘됐네요. 안 바쁘시면 커피라도 한잔하고 가실래요? 내일부터 다시 오픈하려면 이것저것 정리할 게 있을 것 같아서 왔거든요."

"……오자마자 먹일 생각뿐이지, 너?"

최정훈은 일부러 언짢은 표정을 지었다. 하지만 서연우는 거절의 말이 나오지 않은 것만으로도 충분히 만족스러운 듯했다. 기분 좋게 미소 지은 서연우가 품에서 열쇠를 꺼냈다. 잠시 후 카페에 불이 켜졌다.

○

"박 사장님이 외출을 못 하게 막으셨다고?"

서연우가 풀어놓은 이야기를 들은 최정훈이 놀라 되물었다. 사람이 없는 와중에도 부지런히 제 할 일을 하던 제빙기에서 얼음을 한가득 꺼낸 서연우가 고개를 끄덕였다.

"네에, 아무래도 걱정이 되신 모양이라. 큰아버지께도 진행 상황을 종종 알려 드렸잖아요? 그러던 와중에 부모님까지 찾았으니 이해가 안 되는 건 아니지만요."

서연우는 남아 있던 원두로 내린 샷 두 잔과 차가운 물을 얼음을 가득 채운 컵에 부었다. 아직 냉기가 감도는 카페에 커피 향이 맴돌기 시작했다. 서연우는 자기 몫의 따뜻한 차도 만들어 최정훈이 자리 잡은 바 테이블로 돌아갔다. 그가 건네는 아이스 아메리카노를 받아 든 최정훈이 의아하게 물었다.

"그럼 전화를 못 받은 것도?"

"네, 잠든 틈에 큰아버지가 제 휴대폰까지 숨겨버리셨더라고요."

서연우가 불만스럽게 투덜거렸다. 그날 서연우는 박정웅을 따라 그의 집으로 들어갔다. 딱 하룻밤만 지내고 돌아올 생각이었는데 박정웅은 그를 보내주지 않았다. 위험한 일에 자꾸만 머리를 들이민다는 이유에서였다. 그 뒤로는 출근조차 마다하고 옆에 붙어 있었다. 서연우는 잠깐 산책할 때도 그와 함께해야 했다. 하지만 박정웅도 기업을 운영하는 사람이니 한계가 있었다.

"오늘 갑자기 회사에 일이 생기셨대서. 어디 밖에 나가지 말라고 신신당부하셨는데 슬그머니 도망쳤어요. 휴대폰은 결국 못 찾았지만요."

"박 사장님도 심하시긴 했는데 도망치는 너도 너다…… 은근 고집 세다니까."

커피를 홀짝이던 최정훈이 질린 목소리를 냈다. 박정웅이 그렇게 나오는 것도 이해가 됐다. 오태훈이 다짜고짜 카페를 덮치기도 했고, 서연우의 양친이 엉뚱한 일에 휘말려 사망한 듯한 정황까지 확인되었으니까.

"그래도 소장님이랑 약속했잖아요. 발 안 빼겠다

고. 저도 가능하다면 끝까지 확인해보고 싶고요.”

서연우가 쓰게 웃었다.

“그리고 언제까지고 카페를 방치할 수도 없으니까요.”

이 카페는 서연우에게 일터 그 이상의 의미였다. 최정훈도 잘 아는 사실이었다. 그는 화제를 돌렸다.

“여기 있으면 박 사장님한테 잡혀가는 거 아냐?”

“하하. 설마 카페에서 끌어내기야 하시겠어요. 그래도 휴대폰이 없으니 좀 불편하네요. 큰아버지가 쉽게 돌려주실 것 같지는 않은데…….”

서연우가 머쓱하게 웃었다. 그를 곱지 않은 눈으로 흘겨본 최정훈이 품에서 휴대폰 하나를 꺼내 테이블 위에 올려놓았다. 서연우가 의아하게 쳐다보자 최정훈이 툭 내뱉었다.

“내 개인용 휴대폰. 당분간 이거 써.”

서연우가 눈을 동그랗게 떴다. 최정훈은 시선을 피하며 말을 이었다.

“업무용으로는 따로 쓰는 게 있으니까 상관없어. 다른 건 몰라도 비상시에 우리랑 연락은 쉽게 할 수 있어야 하잖아.”

“하지만…….”

"그냥 받아. 박정웅 아저씨한테 나도 미운털 박히겠지만 어쩔 수 없지. 끌어들인 건 나니까."

서연우는 한동안 바보처럼 눈을 깜빡이며 최정훈을 보기만 했다. 잠시 후 피식 가벼운 웃음을 터뜨리며 휴대폰을 받아 넣었다.

"감사해요. 그래도 꼭 필요할 때만 쓸게요. 소장님도 프라이버시라는 게 있잖아요."

"별걸 다 신경 쓴다. 상관없어. 네가 이것저것 뒤질 것 같지도 않고. 중요한 건 다 업무용 폰에 있어."

최정훈은 괜히 퉁명스럽게 대꾸했다.

"저장된 연락처도 부모님이랑 사무실의 두 녀석뿐이고. 부모님한테 전화 오면 받지 말고 나한테 연락이나 줘. 내 업무용 폰 번호도 저장해놓고."

"못된 아들이네."

서연우가 농담처럼 한마디했다. 최정훈이 입을 비죽이며 투덜거렸다.

"나도 알거든. 난 누구처럼 몇 년이고 죽어라 찾아다니는 효자는 못 되어서."

"저도 효자라고는 말 못 하겠네요. 효자라고 주장하려면 이쯤에서 슬슬 물러서야 했을 텐데."

쓴웃음을 지은 서연우가 말머리를 돌렸다.

“어쨌든 본의 아니게 걱정 끼쳐드려서 죄송해요. 큰아버지랑은 제가 잘 이야기해볼 테니 신경 쓰지 마세요.”

“너도 너무 속 썩이지 마. 사장님도 얼마나 속 타시겠냐.”

잠깐 뜸을 들이던 최정훈이 덧붙였다.

“……널 꼬드긴 내가 할 소리는 아니다만.”

어쩌면 박정웅은 서연우에게 최정훈을 소개한 것을 후회하고 있을지도 몰랐다. 박정웅에게도 서연우는 하나 남은 혈육이다. 귀한 조카가 위험한 곳을 들쑤시는 걸 달가워할 리 없었다. 박정웅은 동생 부부를 찾을 거라 기대하지도 않았을 것이다. 그저 혼자 헤매는 서연우를 지켜보기 안쓰러웠겠지. 상념에 빠진 머릿속에 서연우의 가벼운 목소리가 파고들었다.

“괜찮아요.”

최정훈은 홀린 듯이 다시 고개를 들었다. 그러자 보기 좋은 곡선을 그리는 서연우의 새카만 눈동자와 정면으로 시선을 마주쳤다.

“애초에 소장님한테 꼬드겨진 적 없어요. 다 제 선택이고, 제가 감당할 일이에요.”

그게 자신을 안심시키기 위해서 하는 말이라는 것

을 최정훈은 잘 알았다. 하지만 최정훈은 어쩐지 썩 마음에 들지 않았다. 잠깐 침묵하던 그가 언짢게 툭 내뱉었다.

"무슨 건방진 소리를 하는 거야. 감당은 같이 하는 거야."

이번에는 서연우가 입을 다물 차례였다. 단둘뿐인 카페에 침묵이 흘렀다. 바 테이블 쪽의 조명만 하나 켜둔 탓에 카페는 평소보다도 어두웠다. 음악도 흐르지 않았고, 커피 향도 차츰 옅어지고 있었다. 서연우는 멀뚱멀뚱 최정훈을 응시했다. 최정훈 역시 시선을 피하지 않았다. 차츰 짙어진 정적이 흐르길 얼마간. 서연우가 뭐라 말하려 입을 뗐을 때 최정훈의 주머니에서 휴대폰이 요란하게 울렸다. 맥이 탁 풀린 최정훈이 이마를 짚었다. 서연우도 애매한 미소를 지었다.

"받으세요. 저는 냉장고랑 식재 정리 좀 해야겠어요."

한숨을 푹 내쉬며 최정훈은 품에서 휴대폰을 꺼내 발신인을 확인했다. 김승태였다. 막 자리를 뜨려던 서연우의 옷깃을 잡아 멈춰 세우고 전화를 받았다.

"왜?"

"소장님, 지금 어디예요?"

전화기 너머에서 이성민의 목소리도 들려왔다.

"새벽. 왜?"

"연우 씨 돌아왔어요!?"

아니나 다를까 이성민이 거의 고성에 가깝게 소리를 질렀다. 인상을 쓰며 전화기를 귀에서 멀리 뗀 최정훈이 스피커폰을 켰다. 그러자 조용하던 카페에 이성민의 목소리가 크게 울렸다.

"연우 씨 괜찮대요? 무슨 일은 없었대요?"

"하하, 괜찮아요. 별일 없었어요. 사정이 좀 있어서. 본의 아니게 미안해요."

서연우가 대신 대답해주었다. 휴대폰 너머에서 김승태의 목소리도 들려왔다.

"연우 씨 오셨대?"

"지금 소장님이랑 같이 있다는데?"

"아니, 소장님은 그새 거기 가 계신 거야?"

저들끼리 떠들어 대기 시작하는 두 사람에게 최정훈이 짜증스럽게 쏘아붙였다.

"시끄럽고, 용건이 뭐야?"

"아, 맞다!"

김승태에게서 다시 휴대폰을 빼앗았는지 이성민이 설명을 시작했다.

"동신인력 주인 말인데요. 그 뭐냐, 관리소장 말고

희멀겋게 생겨서는 험한 일 하는 사람인 척했다던 사
장 쪽."

"찾았어?"

최정훈이 저도 모르게 벌떡 자리에서 일어났다.
서연우도 놀란 표정을 지었다. 전화기에서 기대했던
대답이 돌아왔다.

"확실하지는 않은데 아마도 그런 것 같아요. 소장
님이 말씀해주신 쪽부터 파기 시작했더니 흔적이 좀
남아 있더라고요."

서연우가 최정훈을 보았다.

"뭔가 단서라도 잡은 거예요?"

"너 잠수 타는 동안 나도 놀고만 있었던 건 아냐."

그사이 휴대폰 너머에서 김승태가 말했다.

"잘됐다. 그럼 저도 그쪽으로 갈게요. 전화로 하기
에는 이야기가 좀 길기도 하고. 아무래도 이쪽에서 당
분간 교대로 잠복해야 할 것 같습다."

"알겠어. 그럼 이성민 남겨두고 너만 왔다가 잠복
할 준비 하고 다시 합류해. 밤에는 내가 갈 테니까."

"넵, 금방 가겠습니다!"

힘차게 대답한 김승태가 뚝 전화를 끊었다. 최정
훈은 휴대폰을 집어넣고 서연우를 보았다.

"어떻게 된 거예요?"

"동신인력 쪽으로 좀 더 조사하고 있었어. 아무래도 그쪽이 허점이 많을 것 같아서."

무엇보다도 베일에 싸인 실질적 소유주를 알아내는 것이 급선무라고 판단했다.

"태온이랑 관련 있는 인간인 건 확실한 듯한데 그쪽도 멍청이가 아니니까. 밝힐 만한 꼬리를 남겨놓는 짓은 하지 않았겠지."

"그래서요?"

"동네 양아치들을 좀 들쑤셔봤거든."

반쯤 빈 잔을 빙글빙글 돌리며 최정훈이 씨익 웃었다.

"아직까지 양아치 짓 하는 놈들 중에 이성민이랑 연줄이 닿는 녀석들이 있어서. 손 씻었다는 놈들도 반쯤은 엄한 사업에 발을 담그고 있는 게 대부분이니까."

"……이야. 성민 씨도 예전에 제법 한가락 하셨던 모양이에요. 상상도 못 했네."

서연우가 어색한 웃음을 흘렸다. 최정훈, 김승태와 비교해서는 유순한 인상인 이성민에게서 쉽게 연상되지 않는 과거였다.

"한가락뿐인가. 김승태도 마찬가지야. 그런 놈 아니면 굳이 이런 일도 안 하지. 어쨌든 그랬더니 갈피가 좀 잡히더라고."

관리소장에게서 들은 인상착의를 토대로 소위 노가다라 불리는 일용직에 종사하는 놈들은 제외했다. 그리고 동신인력이 설립되었을 무렵 갑자기 큰돈을 쥐게 된 사람이 있는지 수소문했다. 이성민과 최정훈이 그런 식으로 의심 가는 녀석을 몇 추려내는 동안 김승태는 동신인력의 소장에게 공을 들였다. 처음에 경계하던 소장은 몇 번 돈을 건네받고 술도 얻어먹으며 김승태와 형님 아우 하는 사이로 발전했다.

"아무래도 처음에 접근할 때 돈 받으러 왔다고 거짓말한 게 먹혔던 모양이야. 김승태도 입 터는 데는 제법 소질이 있거든."

김승태는 술자리에서 취한 척하면서 사장이 거액의 돈을 떼먹고 잠수 탄 놈이라며 신나게 욕을 해댔다. 그러고는 사기꾼 밑에 있다가는 언젠가 돈 못 받을 날이 올지도 모른다는 말을 흘려 인력소장을 흔들어 놓은 다음, 떼먹힌 돈을 받아내면 소장에게도 한몫 챙겨주겠다는 약속까지 해서 완전히 자기편으로 만들었다.

"그러다가 마침 그 사장이라는 놈이 동신인력 소장한테 연락을 한 거지. 수상한 놈들이 들쑤시고 다니니까 조심하라면서."

수상한 놈들이란 다름 아닌 김승태와 이성민이었다. 하지만 이미 인력소장은 김승태의 단짝이 된 뒤였다. 인력소장에게 술과 고기를 대접하며 김승태는 미리 언질을 주었다. 혹시 사장에게 연락이 오면 꼭 말해달라고.

"그래서 김승태가 소장한테 돈 좀 찔러주면서 사장이랑 약속을 잡도록 유도했대. 마침 문제가 생긴 것 같다면서 얼굴 좀 보라고 말하게 시켰다던가. 그 사장 쪽에서 날짜 잡는 건 차일피일 미룬다고 했는데……아마 우리 쪽에서 미행이 따라붙을까 봐 경계했겠지. 그런데 오늘 성과가 생긴 모양이네."

사장이 언제 소장을 불시에 불러낼지도 모르고, 어쩌면 직접 찾아올 수도 있었다. 김승태와 이성민은 며칠 동안 동신인력 근처에 숙박을 잡고 스물네 시간 동안 대기해야만 했다.

"우와…… 그런 식으로 일하는 거군요. 소장님은 애초에 경찰이랑 별로 안 맞았던 거 아니에요?"

서연우의 입에서 순수한 감탄사가 터져 나왔다.

최정훈은 하마터면 사레가 들릴 뻔했다. 가까스로 커피를 무사히 삼킨 최정훈이 쏘아붙였다.

"야, 야. 그게 왜 갑자기 그렇게 돼?"

"아니 보통 공무원 조직에서는 그런 짓 하면 큰일 나잖아요. 양아치들이랑 어울린다거나 하는 거. 한참 경력이 쌓여서 그럴듯한 직책에 있는 사람이라면 몰라, 젊은 말단 형사가 할 짓은 아닌 것 같아서."

서연우는 유순한 눈으로 최정훈을 멀뚱멀뚱 보았다. 미처 변명할 수도 없이 정곡을 찌르는 말이었다. 그것 때문에 미운털이 박혀 있다가 김수호의 사건 때 폭주하는 바람에 경찰에서 나왔다. 최정훈이 그를 흘겨보며 투덜거렸다.

"그래서 불만이냐?"

"아뇨."

서연우가 씨익 장난스럽게 미소 지었다.

"소장님은 소장님인 편이 훨씬 좋아요."

최정훈은 별다른 대꾸 대신 불퉁한 얼굴로 남은 커피를 들이켰다. 맞는 말만 해대는 서연우는 얄미웠지만 커피는 늘 그랬듯 맛있었다. 택시를 잡아타고 달려온 김승태가 얼마 지나지 않아 카페에 합류했다. 일주일 전보다 더 초췌해 보이는 그는 카페에 들어서자마자 서연우를 향해 우당탕 달려갔다.

"연우 씨! 별일 없으셔서 진짜진짜 다행입니다! 저희가 얼마나 걱정했다구요!"

다짜고짜 손을 덥석 붙잡은 김승태가 눈물을 글썽거릴 기세로 말을 쏟아냈다. 서연우는 피하지 않고 머쓱하게 대답했다.

"하하, 걱정 끼쳐서 죄송해요."

"진짜 말도 마세요. 소장님이 하루에도 몇 번씩 카페랑 연우 씨 집 근처를 서성거리시는데 보는 우리가 다……."

"쓸데없는 소리 할 거면 닥쳐."

앞뒤 가리지 않고 말을 쏟아내던 김승태는 카페 한편에서 들려온 살벌한 경고에 입을 꾹 다물었다. 잠깐의 어색한 뜸 뒤, 퍼뜩 정신을 차린 김승태가 급하게 화제를 돌렸다.

"아, 이럴 때가 아니지. 소장님, 그 사장이란 놈이 나타났거든요? 동신인력 쪽 소장이랑 둘이 만나고 있고, 성민이가 근처에 잠복 중이에요."

"사진은?"

"찍었어요."

김승태가 급하게 휴대폰을 꺼내 최정훈에게 보여

주었다. 서연우 역시 호기심 어린 얼굴로 가까이 다가갔다. 화면에는 어느 건물로 들어서는 두 남자가 찍혀 있었다.

"얼굴이 검게 탄 사람이 인력 사무소 관리소장이고, 그 옆에 있는 남자가 사장이란 놈이에요."

"확실히 썩 어울리는 그림은 아닌데."

살짝 인상을 찌푸린 최정훈이 평했다. 동신인력의 사장이란 놈은 멀끔한 정장 차림이었다. 처음 관리소장과 만났을 때 거친 옷차림이었다는 것과는 사뭇 다른 행색이었다.

"저번에는 굳이 부자연스럽게 위장까지 해놓고 이번에는 왜 이러고 나타났는지 모르겠어요."

김승태가 심각하게 말했다. 사진을 유심히 살피던 서연우가 문득 입을 열었다.

"……혹시 누구를 만나고 온 거 아니에요?"

서연우는 자세를 바로 하고 살짝 미간을 찌푸렸다. 흰 손가락이 턱을 꾹 짚었다. 생각에 빠졌을 때 종종 보이는 몸짓이었다.

"저 사장이라는 사람이요, 지금까지 인력소의 관리인이랑 만나는 걸 피했다면서요. 성민 씨랑 승태 씨가 그 사람을 통해서 약속을 잡아보려고 했는데 그것도 차일피일 미루기만 하다가…… 오늘 갑자기 불러냈다는 거죠?"

"네에…… 그런 셈이죠."

김승태가 얼떨떨하게 대답하는 사이 최정훈이 끼어들었다.

"즉 오늘 정장을 입고 만나야 하는 인간…… 그러니까 저쪽의 높으신 분과 미팅이 있었는데 그 자리에서 관리소장을 만나 보라는 지시를 받고 갑자기 불러낸 거다. 이 말이지?"

"고려해볼 만한 것 같아요."

서연우가 고개를 끄덕여 보였다. 확실히 전후 관계를 따져보면 일리 있는 말이었다.

"잠깐만."

또 다른 가능성을 떠올린 최정훈이 얼굴을 딱딱하게 굳혔다.

"그러면 저쪽에서도 사람을 붙인 거 아냐?"

김승태가 경악해서 입을 쩍 벌렸다.

"설, 설마요! 그놈 혼자 온 것도 다 확인했는데? 직접 운전해서 도착했고, 차에서 혼자 내리는 것도 봤어요. 식당 바로 앞에서 관리소장이랑 만났고."

"약속 장소는."

최정훈의 지적에 김승태는 말문이 막혔다.

"거길 약속 장소로 잡은 게 어느 쪽이야? 너희들? 아니면 그 사장?"

김승태는 대답하지 못했다. 그 얼빠진 모습에서 최정훈은 짐작이 옳았음을 확신했다. 최정훈은 짜증스럽게 혀를 찼다.

"미리 사람을 배치해 놓고서 그쪽으로 불러냈는지도 모르겠군. 어쩌면 두 사람이 같이 들어간 식당도 그쪽 인간들이 득실거릴 수 있어."

이성민과 김승태가 타고 간 차량도 이미 그쪽에 노출됐을 게 뻔했다. 김승태의 얼굴이 새파랗게 질렸다.

"어, 어쩌죠? 어떻게 하지? 미친, 거기까지는 미처 생각을 못 했어요!"

"야, 일단은 침착해. 아직 확실한 것도 아니니까. 만약 우리 추측이 맞더라도 이미 벌어진 일이야. 수습할 생각을 해야지 당황하면 어떻게 해?"

최정훈이 타박을 놓자 김승태가 창백해진 얼굴로 얼른 고개를 끄덕였다.

"죄, 죄송합니다."

"당장 이성민한테 연락해. 조심하라고. 전화 말고 문자로 전달해. 혹시 모르니까."

그렇게 지시하는 최정훈의 목소리에서도 다급함이 묻어났다.

"당장 자리 뜨라고 전해. 곧장 집으로 가지 말고 어디 빙빙 둘러서 가는 것도 잊어버리지 말고. 분명히 미행이 붙을 거야."

상대는 사람을 몇이나 죽인 놈들의 끄나풀이니 무슨 짓을 벌일지 몰랐다. 김승태가 황급히 이성민과 연결된 메신저 창을 열어 열심히 텍스트를 입력하기 시작했다. 이성민에게서 답이 돌아왔다. 메시지를 확인한 김승태가 얼떨떨하게 말했다.

"그 사장 놈 뒤 밟는 건 어떻게 하냐고 묻는데요?"

"미친놈 진짜, 지금 그게 문제야?"

최정훈이 참지 못하고 버럭 소리쳤다.

"뒤를 밟고 자시고 어떻게든 빠져나오는 게 먼저라니까? 다른 방법이 있을 테니 오늘은 물러나라고 해! 차에서 절대로 내리지 말고."

"네, 네. 그렇게 전할게요."

김승태도 이성민이 엉뚱한 짓을 벌일까 봐 마음이 급해졌는지, 문자를 입력하는 손놀림이 빨라졌다. 잠시 후 김승태는 다시 이성민에게서 돌아온 답을 읽어 주었다.

"알겠대요. 일단 한 바퀴 돌아보고 미행이 있는지 부터 확인하겠다는데요? 어쩌면 헛다리일지도 모르니까."

"이 새끼 진짜……."

최정훈이 결국 욕을 중얼거렸다. 당장 자리를 뜨겠다고 말한 것부터가 이성민으로서는 많이 양보한 셈이었다. 그 성격에 바로 도망치는 것까지 바라기는 불가능한 일이었다. 서연우가 초조하게 중얼거렸다.

"별일 없으셔야 할 텐데요."

"괜찮을 거야."

최정훈도 썩 개운한 표정은 아니었다. 잠깐 불안한 시간을 보내던 그때 최정훈의 휴대폰이 요란하게 울리기 시작했다. 발신자를 확인한 최정훈이 곧장 전화를 받았다.

"이성민?"

"넵. 지금 출발했어요."

마음을 졸이던 세 사람과 달리 태연한 목소리가 수화기 너머에서 돌아왔다. 운전하면서 스피커폰으로 전화를 거는지 자동차 소리와 잡음이 꽤 섞여서 들려왔다.

"뭐 문제는 없고?"

"뭐어, 처음에는 없다고 생각했는데요…… 아무래도 생긴 것 같아요. 지금 제 뒤로 차가 두 대나 따라붙었거든요?"

이성민의 침착한 목소리가 계속해서 이어졌다.

"아무래도 바로 그쪽으로는 못 갈 것 같아요. 적당히 떼어낸 뒤에 복귀할게요. 보아하니까 본인들을 들쑤시고 다니는 게 누군지 알아내고 싶은 모양이라. 아, 그리고 카페 쪽도 조심하세요. 이미 오태훈 때문에 주시하고 있었을 텐데 방금 승태가 합류하면서 뒤를 밟혔을지도 모릅니다."

김승태는 직전까지 이성민과 함께 있다가 택시를 타고 곧장 '새벽'으로 왔다. 김승태의 얼굴이 더욱 허옇게 질렸다.

"이런 망할……."

"알았어. 조심해라. 혹시 모르니까 너네 집으로는 가지 말고."

최정훈이 차분하게 지시했다. 거주지가 드러나는 것은 너무 위험했다.

"알겠습니다. 이따가 뵐게요. 틈나는 대로 연락드릴 테니까 너무 걱정하지 마세요. 승태한테도 땅 파지 말라고 전해주시고요."

전화가 끊어졌다. 휴대폰을 들고 짧게 한숨을 내쉰 최정훈은 김승태를 힐끗 보았다. 실수를 저질렀다는 생각에 고개를 푹 떨군 채였다. 그를 한심하게 보던 최정훈이 조용히 손을 들어, 퍼억! 김승태의 뒤통수를 세게 후려쳤다.

"악!"

"방금 못 들었어? 땅 그만 파, 이 자식아. 애초에 이 정도 리스크는 안고 시작한 일 아니냐? 그리고 인력 사무소 대표 놈 뒤를 캐란 지시는 내가 내렸어. 너희는 내가 시킨 일만 했을 뿐이고. 그러니까 네 잘못 아냐."

최정훈이 언짢게 쏘아붙였다. 김승태는 얻어맞은 자리를 매만지면서 시무룩하게 대답했다.

"네에. 죄송합니다. 이럴 때가 아니죠."

"지금은 이성민한테 맡기는 수밖에. 얼간이는 아니니까 알아서 잘할 거야."

최정훈이 스스로 다짐하듯 말했다. 서연우 역시 표정을 굳히고는 고개를 끄덕였다.

"문제는 이쪽이네요."

어차피 서연우는 최정훈의 의뢰인이기도 하고, 얼마 전 시신으로 발견된 박정호와 서혜인의 친아들이었다. 서연우는 애초부터 감시망에 포함되어 있을 터였다. 애초에 이 모든 것이 오태훈이 카페에 뛰어들었던 것을 계기로 시작되었다. 서연우의 카페가 노출된 건 어쩌면 별일이 아닐지도 몰랐다. 문제는 다른 데 있었다. 서연우가 적극적으로 세 사람에게 협력하고 있다는 게 알려지면 놈들은 노골적으로 해를 끼치려 들지도 몰랐다. 서연우는 가만히 눈을 내리깔고 생각에 잠겼다. 최정훈과 김승태 역시 심란하게 입을 꾹 다물었다. 잠시 후 서연우가 먼저 입을 열었다.

"……어쩔 수 없죠. 오픈할까요?"

김승태와 최정훈이 동시에 고개를 들었다. 두 사람과 눈을 마주친 서연우가 어색하게 미소 지었다.

"일주일이나 방치해뒀으니 청소도 하고 냉장고도 한번 비워야겠지만요. 몇 가지 메뉴랑 디저트는 못 팔겠네요. 아쉬운 대로 우유나 크림 같은 건 주변에서 공수해 오면 되고…… 두 분, 잠깐 제 심부름이나 좀 해주실래요?"

잠시 후 김승태와 최정훈의 입에서 동시에 아, 하는 얼빠진 소리가 튀어나왔다.

어차피 중요한 것은 서연우가 최정훈과 협력 관계라는 사실이 알려치지 않는 거였다. 평범한 의뢰인과 심부름센터 소장, 더 나아가 카페 사장과 단골손님 정도로 보인다면 문제없었다. 서연우가 미소 지었다.

"아무래도 평소 컨디션대로 팔지는 못할 테니 오늘은 그냥 무료로 한 잔씩 대접하는 것으로 해야겠어요. 저는 안에서 카페를 열 준비부터 할게요."

시계를 확인한 서연우가 덧붙였다.

"마침 사모님이 카페에 책 읽으러 나오실 시간이네요."

언제나 많은 사람이 드나드는 '새벽'의 특성상 문을 열면 얼마 지나지 않아 손님이 찾아올 것이다. 손님이 지켜보는 와중이라면 아무리 막 나가는 놈들이라도 해코지는 못 할 것이다. 황당하지만 해볼 만한 가치는 있었다.

"혹시 괜찮으시면 두 분은 잠깐 마트에 다녀와주실래요? 우유랑 생크림 좀 사 오세요."

서연우의 지시에 최정훈과 김승태는 홀리기라도 한 것처럼 고개를 끄덕였다. 그리고 삼십 분 뒤 무덤처럼 조용하던 '새벽'은 평소와 같은 활기를 되찾았다. 필요한 식재료를 잔뜩 사 들고 돌아오며 제 역할을 끝낸 최정훈과 김승태는 테이블 한구석을 뻘쭘하게 차지한 채 바쁘게 움직이는 서연우를 구경했다. 서연우는 연신 미소 지으면서 손님들을 맞이했다. 언제나 바 테이블에 앉아 아포가토와 독서를 즐기던 노부인이 장난스레 한마디를 건넸다.

"며칠 동안 무료해서 참 견디기 힘들었어. 그래도 한마디 정도는 해주지. 어디 여행이라도 다녀왔어?"

"하하, 죄송합니다. 갑자기 일이 생겨서요."

"오늘은 대접해준다고 하니 봐주는 줄 알아."

노부인의 애정 어린 농담에 서연우 역시 장난스럽게 받아쳤다.

"그거 감사합니다."

최정훈은 아이스 아메리카노를 홀짝이며 바쁘게 움직이는 서연우를 물끄러미 지켜보았다. 서연우는 음료를 준비하고 단골손님들에게 한두 마디씩 건네다가도 처음 보는 손님에게 밝게 인사했다. 생글생글 미소 지으며 사람들을 맞이하는 서연우는 진심으로 기분이 좋아 보였다.

"……진짜 대단한 놈이라니까."

그가 저도 모르게 소리 내어 중얼거리자 맞은편에 앉아 휴대폰을 들여다보던 김승태가 맞장구쳤다.

"맞아요. 매사에 저러기 쉽지 않을 텐데."

서연우를 마냥 사람이 좋기만 한 호락호락한 상대

로 본다면 분명 오산이었다. 하지만 그가 강하다는 걸 증명하는 요소는 유난히 빠른 머리 회전도, 숨겨지지 않는 짓궂음도 아니었다. 어떤 일을 겪어도 언제나 사람을 다정하게 대하는 힘이지. 김승태의 말을 들었는지 못 들었는지 최정훈은 턱을 괴고 한참 동안 서연우를 가만히 응시하기만 했다. 자신이 그러고 있다는 것조차도 의식하지 못하는 듯했다. 김승태는 최정훈의 무뚝뚝한 얼굴을 물끄러미 보았다.

"하여튼 끼리끼리라더니."

김승태가 뜬금없이 툭 내뱉자 최정훈이 그제야 인상을 구기고 돌아보았다.

"뭐?"

"아닙니다, 아무것도."

김승태는 얼른 딴청을 피웠다. 얼핏 전혀 달라 보이는 두 사람에게는 공통점이 있었다. 본인들은 미처 자각하지 못한 눈치였지만. 원래도 날이 선 최정훈은 사람을 지나치게 경계하느라 고독해졌고, 서연우는 연이어진 일 때문에 본의 아니게 혼자가 되었다. 동시에 최정훈은 다른 사람을 단단하게 지탱해줄 힘이 있었고, 서연우는 날 선 사람조차 포용해줄 만큼 자상했다. 아마 그래서 좀처럼 사람을 가까이 두려 하지 않는 최정훈이 빠르게 마음을 열었을 터였다.

"뭐야? 기분 나쁘게."

"아무것도 아니라니까요."

최정훈이 인상을 찌푸리며 되물었지만 김승태는 그저 딴청을 부렸다. 그러는 동안에도 그들은 틈틈이 휴대폰을 확인했다. 그 순간, 함께 사용하는 단체 대화방에 새로운 메시지가 도착했다.

—따돌렸어요. 지금 그쪽으로 갈게요.

김승태의 얼굴에 순식간에 화색이 돌았다. 최정훈이 건네준 휴대폰을 확인한 서연우 역시 환하게 미소 짓는 게 보였다. 하지만 이성민이 카페에 들어온 것은 그 뒤로도 한 시간여가 지난 뒤였다. 카페가 조금 한산해질 무렵 맑은 종소리와 함께 이성민이 들어섰다. 의기양양하게 미소 짓는 얼굴에 약간의 피로를 매단 채였다. 그를 발견한 김승태가 벌떡 자리에서 몸을 일으켰다.

"야! 괜찮았냐?"

"힘들어 죽는 줄 알았다. 이 망할 새끼들. 여하튼 무사 복귀했습니다."

이성민은 씨익 웃으며 최정훈을 향해 엄지를 척 세워 보였다. 최정훈은 고개를 절레절레 내저었다.

"그래도 큰일은 안 터져서 다행이네. 왜 이렇게 오래 걸렸냐? 한참 전에 따돌렸다더니."

"진짜 질릴 만큼 끈덕지게 따라붙더라고요. 아무래도 차를 그대로 타고 오기는 좀 위험할 것 같아서…… 번화가에 차 세워놓고 제일 가까운 지하철 타고 왔어요. 그러느라 좀 늦었습니다."

최정훈에게 답을 내어주며 이성민은 서연우에게 눈인사를 보냈다. 그와 눈을 마주친 서연우가 밝게 미소 지으며 가볍게 손을 흔들어주고는 다시 손님에게 돌아갔다. 이성민이 흐뭇하게 말했다.

"연우 씨도 괜찮아 보여서 다행이네요. 이쪽은 별일 없었어요?"

"아까 잠깐 서연우가 심부름시켜서 마트 다녀왔는데 그때 잠깐 미행이 붙긴 했어. 우유랑 생크림 사는 거 보고 얼탱이가 없어졌는지 곧 사라졌지만."

"저라도 그러겠어요."

최정훈의 말에 이성민이 헛웃음을 터뜨렸다. 뭐라도 있는 줄 알고 따라왔더니 기껏 심부름이라니 그놈들도 제법 황당했을 것이다.

"그냥 잘못 덜미 잡혀서 심부름이나 해주는 단골 손님 정도로 보였겠네요. 연우 씨가 열심히 연막을 펼

쳐주셨으니 우리도 일하죠."

이성민이 씨익 웃으면서 휴대폰을 꺼내 두 사람에게 화면을 보여주었다. 사진을 확인한 최정훈이 눈을 크게 떴다. 차량 두 대를 촬영한 사진이었다.

"잠깐 신호 걸렸을 때 찍었어요. 저 잘했죠?"

줌을 최대한으로 당긴 탓에 화질이 다소 흐렸지만 이 정도면 차종과 번호판을 알아보는 데는 전혀 문제없었다. 최정훈의 입가에 만족스러운 미소가 드리웠다.

"아주 잘했어."

○

영업이 종료되고 서연우는 마지막 손님까지 미소로 응대하며 돌려보낸 뒤에 세 사람에게 돌아왔다. 물론 자기 몫까지 네 잔의 커피가 올라간 쟁반을 양손에 든 채였다.

"성민 씨, 어서 오세요."

서연우가 건네는 인사에 이성민이 고개를 끄덕이며 대답해주었다.

"연우 씨도 어서 오세요. 며칠 동안 여기 커피가 생각나서 혼났어요."

이성민의 인사가 퍽 마음에 들었는지 서연우가 기분 좋은 미소를 지었다.

"그거 영광이네요."

"아참, 들어오기 전에 이 근처도 한 바퀴 둘러봤어요. 당장 수상한 사람이나 차량은 안 보이니까 지금은 걱정 안 하셔도 괜찮을 듯해요."

"신경 써주셔서 감사해요."

그들 앞에 커피를 한 잔씩 놓아준 서연우가 테이블에 자리를 잡았다. 얼마 전 깨진 잔 대신 새로 꺼낸 잔에 따뜻한 드립 커피가 찰랑였다.

"아까부터 바빠 보이시던데 뭐 하고 계셨어요?"

"이성민 뒤를 밟은 차량 두 대. 아무래도 렌터카 같아서 추적해보고 있었어."

최정훈은 들여다보던 화면을 서연우 쪽으로 돌려주었다. 렌터카 업체의 홈페이지 메인 화면이 띄워져 있었다. 서연우는 제일 먼저 눈에 들어온 이름을 확인했다.

"SJ렌터카? 저는 처음 들어봐요."

"유명한 곳은 아닌 것 같던데. 사업장 하나만 운영할 뿐이고. 이쪽 모기업도 렌터카 사업을 주류로 하지는 않는 것 같더라고. 쯧, 조금만 공들이면 차를 빌린

게 누군지 정도는 쉽게 알아낼 것 같지만…… 오늘 당장 들쑤시기는 좀 그렇고.”

당분간 조심할 필요가 있었다. 서연우도 동의하며 고개를 끄덕였다. 그때, 잠깐 눈치를 살피던 이성민이 조심스럽게 운을 뗐다.

“아까 운전하면서 든 생각인데요. 단순히 제 느낌일 뿐이지만 혹시 말씀드려도 되나요?”

세 사람의 시선이 자연스럽게 이성민에게 모였다. 허락의 뜻으로 받아들인 이성민은 잠깐 뜸을 들이다가 다시 입을 열었다.

“어쩌면 살해 방식이 이거였을지도 모르겠다는 생각이 문득 들어서요.”

“……무슨 말이야?”

멀뚱히 눈을 끔뻑이던 김승태가 물었다. 이성민은 살짝 인상을 찌푸리며 말을 이었다.

“아니, 미행당하는 게 아니라 꼭 토끼몰이 당하는 기분이었거든. 한두 번 해본 솜씨도 아닌 것 같고. 연우 씨네 부모님 쪽은 잘 모르겠지만 김수호 씨요. 사고 현장이 요란했잖아요.”

최정훈이 고개를 끄덕이자 이성민이 애매하게 말을 이었다.

"아무런 근거도 없고, 그냥 문득 떠오른 생각일 뿐이지만요. 어쩌면 일부러 죽이려고 죽인 게 아니라 추격전을 벌이다 보니 재수 없이 사고가 났고, 그 결과 김수호 씨가 저수지에 빠져 목숨을 잃게 됐다. 이렇게 생각할 수 있지 않을까요?"

잠깐 생각하던 최정훈이 인상을 찌푸렸다.

"그때 김수호는 반쯤 패닉 상태였어. 자신이 경찰 이외의 존재에게 추격당하고 있다는 사실을 인지하고 있었다면…… 말이 안 되는 가정은 아냐."

지금 확인할 방법은 없었다. 최정훈은 쯧 혀를 차고 화제를 돌렸다.

"일단 오늘은 여기까지 하자. 동신인력에서 이쪽을 의식하고 있다는 걸 알게 된 것만으로도 큰 소득이니까."

평범한 인력 사무소가 아닌 데다 그 소유주는 누군가에게 지시를 받고 이쪽에 미행까지 붙일 만한 저력이 있다는 것은 확실해졌다. 이성민이 아쉽게 중얼거렸다.

"그 끄나풀을 확실하게 잡아챘더라면 더 좋았을 텐데 말이에요."

"됐어. 이걸로 충분해."

최정훈은 딱 잘라 말했다. 모두 개운치 않은 얼굴로나마 고개를 끄덕였다. 김승태는 습관적으로 휴대폰 화면을 열며 불만스럽게 투덜거렸다.

"뭐 하나 결정적인 거라도 있다면 바로 경찰에 찌를 텐데요. 애초에 우리 목적은 마약 사범을 잡는 게 아니라 김수호 씨랑 연우 씨네 부모님께 해코지한 개자식을 엿 먹이는……."

그때 갑자기 김승태가 입을 다물었다. 그의 달라진 기색을 알아차린 서연우가 의아하게 물었다.

"승태 씨, 왜 그래요?"

김승태는 서연우의 말이 들리지 않는 듯했다. 어리벙벙한 얼굴로 멍청히 화면만 들여다보다 갑자기 벌떡 자리에서 일어났다.

"소, 소장님! 연우 씨! 이거, 이것 좀 봐요! 난리 났어요!"

"갑자기 왜 그래?"

최정훈이 짜증스럽게 물었다. 김승태는 대꾸하는 대신 두 사람을 향해 휴대폰을 불쑥 들이밀었다. 서연우와 최정훈은 어리둥절하게 그가 내민 화면을 확인했다. 자극적인 헤드라인을 건 뉴스 기사가 한눈에 들어왔다.

경찰청, 마약 사범 연이어 체포…….

조직적 거래 정황 포착

두 사람의 입에서 탄식이 흘러나왔다.

○

"오태훈이 입을 열었어."

카페 밖에서 누군가와 오랫동안 통화하던 최정훈이 가장 먼저 한 말이었다. 복잡한 표정으로 휴대폰을 주머니에 쑤셔 넣은 그가 자리에 털썩 주저앉았다.

"덕분에 공범이 줄줄이 잡혀 들어간 모양이야. 딱 5일 전 일이라더군. 듣자 하니 태온 관계자는 아닌 것 같아. 엉뚱한 쪽이 걸려든 눈치던데?"

그 말에 서연우가 의아하게 물었다.

"오태훈은 태온을 위해서 움직인 거 아니었어요?"

"본인은 윗줄에 누가 있는지 몰랐을 가능성도 있어. 말단 운반책이 원래 그런 거니까."

최정훈이 답을 내어주었다.

"일단 이번에 마약 건으로 털린 게 어딘지부터 알아봐. 태온과 엮여 있을지도 몰라."

이성민과 김승태가 얼른 고개를 끄덕였다. 어쩌면 지지부진하던 상황에 등을 떠밀어주는 절호의 기회일지도 몰랐다. 끄나풀이 연이어 잡혀 들어가는 마당이니 어쩌면 태온 역시 초조함에 어떤 식으로든 움직일 게 분명했다. 대화가 끊어지고 카페는 다시금 정적에 잠겼다. 저마다 심란한 고민에 빠진 탓이었다. 결국 최정훈은 시원한 답은 내리지 못한 채 쯧 혀를 찼다.

"집에 가자. 피곤하다."

반대하는 사람은 아무도 없었다. 이성민과 김승태를 먼저 보낸 뒤 최정훈은 서연우가 카페 정리를 끝낼 때까지 기다렸다가 함께 나섰다. 유난히 스산하게 느껴지는 밤이었다. 어두운 길을 걸으면서도 서연우는 최정훈이 건네준 휴대폰에서 눈을 떼지 않았다.

"연락 안 받으셔?"

자동응답기로 넘어간 통화 화면을 보며 서연우가 살짝 인상을 찌푸렸다.

"네, 전화도 안 받고 문자 메시지도 답장을 안 하시네요. 모르는 번호라 그러시나? 일 때문에라도 휴대폰은 항상 확인하시는 편인데."

"바쁘시겠지."

최정훈이 심드렁하게 대답했다. 그 말에도 서연우

는 찜찜한 표정을 거두지 못했다.

"무슨 일이야 없으시겠지만…… 사실 오늘 중 카페로는 한 번쯤 연락을 주실 거라고 생각했거든요. 화가 많이 나셨나?"

"으음."

쉽게 답을 내어줄 수가 없었다. 걱정된다며 가둬두다시피까지 했는데 화가 났다고 연락을 피한다는 것은 확실히 이상한 일이었다. 최정훈은 굳이 그 말까지 입 밖으로 내지 않았다. 서연우에게 마음의 짐을 더 얹어주고 싶지 않았다. 서연우는 포기하고는 휴대폰을 주머니에 넣었다.

"집에 가서 집 전화로 다시 걸어봐야겠어요."

"바쁜 분이니까. 오늘도 일 때문에 나가신 거라며? 정신없으시겠지."

"그도 그래요."

서연우가 그제야 고개를 끄덕였다. 어느새 두 사람은 서연우의 집까지 다다라 있었다. 현관문 앞에 선 서연우가 쓰게 미소 지었다.

"매번 죄송해요. 조심해서 들어가세요."

"무슨 일 있으면 전화해. 사무실에 있을 거니까."

최정훈이 퉁명스럽게 말했다. 그는 서연우가 집에

들어간 뒤 불이 켜질 때까지 주변을 서성거리고 나서야 사무실 쪽으로 걸음을 옮기기 시작했다. 혼자 돌아가는 길이 어쩐지 서늘하게 느껴졌다. 희미한 가로등과 인적이 드문 길, 칠이 조금 벗겨진 횡단보도와 이따금 지나가는 차량들. 그리고 밤 특유의 다소 싸늘한 공기. 그 하나하나를 모두 의식하던 최정훈은 뒤늦게 자신이 신경을 잔뜩 곤두세우고 있다는 것을 깨달았다.

최정훈은 휴대폰을 꺼내 위치 추적 애플리케이션이 잘 작동하는지 확인했다. 지도 위에 빨간 점이 서연우의 집 위치에서 가만히 점멸하고 있었다. GPS가 잘 활성화되었다는 뜻이었다. 카페에서 나서기 전 설치해두었다. 만에 하나를 위해서라는 말에 서연우는 순순히 동의했다. 사생활을 침해하는 일이니 거절할 경우도 생각했지만 그는 미소 지으며 손사래를 쳤다.

"어차피 집이랑 카페 정도만 다니는걸요. 괜찮아요."

최정훈은 일부러 골목을 한 바퀴 빙 돌며 주변에 수상한 점이 없는 것을 확인하고 나서야 사무실로 돌아왔다. 자리에 털썩 앉은 그는 담배를 하나 피워 물고 컴퓨터를 켰다. 불 꺼진 사무실에 위잉, 투박한 소리를 내며 모니터가 창백한 빛을 냈다. 포털마다 제법 많은 기사가 쏟아져 나오고 있었다. 보도 제한이 풀렸다는 건 경찰은 이미 수사가 마무리되었다는 거다. 그들이 바쁘게 움직이는 동안 경찰 역시 그저 놀고만 있지는 않았다는 뜻이었다.

아직 태온은 경찰의 수사망에 걸려들지 않았다. 하지만 언제 덜미가 잡힐지 모르니 초조해질 수밖에 없다.

'어쩐지 앞뒤가 이상한데.'

최정훈은 차분히 생각을 정리해보았다. 오태훈은 동신인력에서 일했다. 동신인력은 태온의 관리를 받는다. 동신인력의 실질적 사장은 누군가의 지시를 받고 사장을 미끼 삼아서 이성민과 김승태의 뒤를 밟았다. 동신인력의 소유주는 동네 양아치 출신의 사업가. 그리고 그 소유주의 뒤를 봐주는 것 역시 태온이라고 생각했다. 그런데 갑자기 제3의 세력이 등장했고…… 오태훈은 제 뒤를 봐주는 게 태온이 아닌 그자들이라고 믿었다. 그래서 그쪽은 경찰 수사에 풍비박산이 났다.

'태온이 돈을 대주고, 그쪽이 직접 행동하는 건가.'

뉴스 몇 개를 더 뒤적이던 최정훈은 알림음에 고개를 들었다. 새로운 메시지가 도착했다. 김승태였다. 아무래도 자리를 파한 뒤 이성민과 어울려서 바로 조사에 들어간 모양이었다. 메시지를 확인한 최정훈이 꿈틀, 눈썹을 움직였다. 한참 화면을 들여다보던 최정훈은 누군가에게 전화를 걸었다. 대기음이 유난히 느리게 느껴졌다. 잠시 후 이성민이 전화를 받았다.

"당장 사무실로 튀어와."

○

문을 단단히 걸어 잠근 서연우는 옷도 갈아입지 않은 채 그대로 소파에 몸을 던졌다. 어쩐지 피로감이 몰려온 탓이었다. 큰아버지 집에서 나온 지 고작 하루밖에 되지 않았는데 며칠은 지난 것 같은 기분이었다.

"······전화는 계속 안 받으시고."

서연우는 찜찜한 얼굴로 휴대폰을 들여다보았다. 같은 번호로 계속해서 전화를 걸면 궁금해서라도 한 번쯤 받아볼 만도 한데 박정웅은 여전히 응답이 없었다. 이쯤 되니 슬슬 마음이 급해졌다. 집 전화로 몇 번 더 걸어봐도 결과는 다르지 않았다. 결국 서연우는 포기할 수밖에 없었다.

"별일은 없으시겠지."

누워서 휴대폰 화면을 보며 서연우는 스스로를 안심시키듯 중얼거렸다. 최정훈이 준 투박한 휴대폰에는 흔한 게임 하나도 설치되어 있지 않았다. 배경 화면 역시 초기 설정 그대로인 것이 어쩐지 그의 성격을 대변해주는 것 같았다.

문득 그를 처음 만났을 때가 떠올랐다. 일할 때마다 꺼내는 최정훈의 태블릿 PC를 두고 엉뚱한 소동이 일어났을 때였다. 최정훈은 자신이 모은 정보가 외부로 새어 나가는 것을 극도로 꺼렸다. 특수한 직업 특성도 있겠지만 아마 철저한 성격 탓도 있을 터였다. 사적인 용도로 사용한다지만 이 기기에도 민감한 정보가 제법 들어 있을 터였다. 그런데도 두 번 생각하지 않고 서연우에게 휴대폰을 내주었다. 서연우는 저도 모르게 작게 웃음을 터뜨렸다.

"누가 누구보고 물러터졌다고 하는지 모르겠다니까."

누군가에게 신뢰받는다는 것은 언제나 기분 좋은 일이었다. 마음을 주고받는 게 멋진 일이라는 사실을 알려준 사람이 바로 양친이었다. 아버지는 항상 낯선 사람과 담소를 나누는 것을 즐겼고, 어머니는 언제나 모든 사람에게 따스한 미소를 지어주곤 했다. 서연우는 본받고 싶었다. 입가에 걸렸던 미소가 다소 서글퍼졌다.

"이제 어쩐다……."

어쩌면 당장 매달릴 일이 생긴 게 다행일지도 몰랐다. 최정훈과 함께 움직이지 않았더라면 무력감에 완전히 잡아먹혔을지도 모를 일이다. 어떤 방식으로 재회하든 상관없다고 여겼다. 그들이 자신을 버리고 떠났다더라도, 불의의 사고를 당했다고 하더라도 받아들일 자신이 있었다. 그러나 억울하게 죽었을지도 모를 양친의 백골 앞에서 머리가 새하얘졌다. 마음을 가다듬으려 애쓰고는 있지만 여전히 허탈하고 불안했다. 무작정 도망치긴 했어도 오히려 지난 며칠간 박정웅과 함께 지내 다행이었을지 몰랐다.

휴대폰을 손에 쥔 채 서연우는 멍하니 천장을 보았다. 빨리 해가 떴으면 좋겠다. 얼른 카페 문을 열고 손님을 맞을 준비를 하고 싶었다. 재료를 준비하고, 좋아하는 재즈를 골라 튼 뒤 자기 몫으로 따뜻한 커피를 내리면 곧 향기에 이끌리듯 손님들이 하나둘 찾아왔다. 쓸데없는 말을 나누고, 이따금 흥미로운 소식을 접하고, 소소한 고민거리로 함께 골머리를 앓으며 하루를 보내고 싶었다. 그런 생각을 하고 있자니 점점 노곤해졌다. 눈꺼풀이 서서히 무거워지는 것을 느끼며 서연우는 천천히 눈을 깜빡였다. 집을 오래 비워

이것저것 정리할 것이 산더미였지만 당장 그런 것도 생각나지 않을 정도로 피로했다. 그때 갑자기 초인종이 울렸다.

○

얼마 지나지 않아 이성민과 김승태가 부리나케 사무실로 뛰어들었다. 두 사람도 잔뜩 흥분한 상태였다.

"소장님, 보셨어요?"

"어어. 안 그대로 방금 경찰 쪽에 확인했어."

김승태가 다짜고짜 묻는 말에 최정훈이 굳은 얼굴로 대답했다. 그러자 이성민이 어색하게 중얼거렸다.

"이 형사님도 고생 많으시다니까요."

"뭐라고?"

"아닙니다, 아무것도."

최정훈의 부릅뜬 눈을 보고 이성민이 잽싸게 꼬리를 내렸다. 최정훈은 곧 본론을 꺼냈다.

"어쨌든 구속된 게 SJ렌터카 사장이라는 거지? 그 뒤에 있던 사중 주식회사 대표가 잡혀갔고."

"네, 양아치 새끼들이 그렇게 말했어요. 아무래도 렌터카 사장 놈도 조폭 출신인 모양이더라고요. 같이 체포된 이사라는 놈은 사장의 장인이고요."

김승태가 재빨리 말을 이으며 휴대폰을 보여주었다. SJ렌터카의 사장과 사중 주식회사의 대표에 대한 간단한 신상 명세와 사진이었다. 최정훈이 화면을 자세히 살피는 동안 이성민이 계속해서 말했다.

"그런데요, 렌터카 사장이랑 동신인력의 희멀건 대표 그 자식이 절친이랍니다. 같이 클럽도 가고, 여하튼 그렇대요. 이래저래 어울려 다닌다고. 그리고 태온에서 죽은 비서 말인데요. 예전에 사중 주식회사에서 일한 적 있대요. 그러다가 태온으로 옮긴 거고, 일한 지 3년쯤 된 시점에 살해당했죠."

갈수록 태산이었다. 머리가 지끈지끈 아파져 최정훈은 이마를 짚었다. 잠시 뒤 최정훈이 중얼거렸다.

"……일단 살해당한 비서가 마약에 엮여 있었단 건 확실해졌군."

김승태가 고개를 끄덕였다.

"아무래도 그런 것 같지 않습니까?"

피해자를 부검하는 과정에서 마약류는 검출되지 않았다. 그러나 그녀가 돈벌이 삼아 운반책이나 중개 역할을 했을 가능성은 충분했다. 엄청난 수익을 올릴 수 있었을 테니까. 이성민이 머리가 복잡해졌는지 머리를 벅벅 긁었다.

"일단 태온이랑 사중 주식회사 사이에 관계가 있다는 정확은 확실하네요. 동신인력부터 SJ렌터카에 죽은 비서까지."

"사중 주식회사 대표라는 놈 뒤도 좀 더 캐봐. 일단은 인터넷에 퍼진 정보 정도라도 충분하니까."

최정훈의 지시에 두 사람이 고개를 끄덕였다. 이정도 제보라면 경찰도 태온을 수사할 명분은 챙길 수 있을 것이다. 하지만 아직 살인에 대한 정보가 불투명했다.

최정훈은 자리로 돌아간 두 직원을 보며 생각에 잠겼다. 방금 세운 가설대로라면 비서는 마약 거래 도중에 원한을 사거나 실수를 저질러서 살해당한 것이라 볼 수도 있다. 다만 김수호가 누명을 뒤집어쓰고 죽어야 했던 까닭, 서연우의 양친이 그런 처참한 모습으로 발견되어야 했던 이유가 아직 불투명했다. 최정훈은 문득 등골이 서늘해지는 것을 느꼈다.

"……아니지."

어쩌면 아주 중요한 것을 놓치고 있을지도 모른다는 생각이 들었다. 사건에 얽힌 모든 인물이 마약과 관련이 있었다. 김수호라고 거기에서 자유롭다는 보장은 없었다. 사실은 간단한 문제였을지도 몰랐다. 이미 서연우가 한 번씩 제시했던 가능성이었다. 서연우도 그도 지금껏 김수호를 의심해본 적 없기에 미처 떠올리지 못했을 뿐이다. 김수호는 경찰을 극도로 경계하며 누명을 쓰고서도 최소한의 보호도 받지 못한 채 무작정 도망쳐야만 했다. 당시 경찰 소속이었던 최정훈마저 경계하는 듯하던 김수호의 언사. 더 나아가 태온이 굳이 경호업체를 고용했던 이유. 서연우는 태온이 경호업체를 불러들인 까닭이 업체에 소속된 누군가와 자연스럽게 접촉하기 위해서였을지도 모른다고 말했다. 만약 태온의 목적이 김수호와 만나는 거였다면 모두 설명된다. 마약 거래에 김수호 역시 끼어 있었다. 그렇다면 김수호가 말한 증거 역시 그 정체를 짐작할 수 있었다. 자신에게 누명을 씌운 자들의 목을 단번에 쥘 수 있지만 결국 동귀어진하는 꼴밖에 되지 않는 것. 물에 빠지는 순간 증거로서 가치를 잃어버리는 것. 그는 소량의 마약을 가지고 도망쳤다. 급하게 움직이느라 제대로 포장조차 못 하고 아무렇게나 주머니에 쑤셔 넣었을지도 모르겠다. 설마 자신의 말로가 익사인 줄은 꿈에도 생각하지 못했을 테니까. 그러나 김수호는 차와 함께 저수지에 곤두박질쳤고, 회심의 증거 역시 무의미해졌다. 김수호는 마약에 손대지 않았으니 부검에서 마약 관련 성분은 나오지 않았다. 마약범 일당은 김수호가 저수지에 빠지는 장면을 확인한 것으로 모든 임무를 마쳤다. 김수호는 순조롭게 자살로 처리되었다.

"하……."

손아귀가 축축하게 젖어들기 시작했다. 머리가 지끈지끈 아파왔다. 이미 죽었으니 김수호에게서 자백을 들을 일은 영원히 없다. 하지만 이게 사실이면 김수호는 누명을 썼을지언정 진술하지만은 않았다는 뜻이다. 최정훈은 그런 그의 결백을 밝히기 위해 제 발로 경찰을 박차고 나왔다.

최정훈은 애써 머릿속으로 부정해보았다. 만약 이 가설이 옳다면 김수호의 죽음에 관한 대부분의 수수께끼는 풀리는 셈이었다. 서연우가 수사의 허점이라며 짚어냈던 살인의 동기, 추적자의 정체, 김수호가 경찰에 도움을 청하지 못한 이유. 아연해졌다. 갑자기 눈앞에 닥친 일에 어떻게 반응해야 할지도 의문이었다. 그때 김승태의 놀란 목소리가 아득해진 의식을 파고들었다.

"어라? 잠시만요."

퍼뜩 정신을 차린 최정훈이 고개를 들었다. 김승태가 눈을 휘둥그레 뜬 채 멍청하게 눈만 끔뻑이고 있었다. 이성민이 인상을 찌푸렸다.

"뭐야, 왜 그래?"

김승태는 바로 대답하지 못했다. 굉장히 곤혹스러운 표정으로 한참 모니터만 노려보던 그가 간신히 입을 열었다.

"있잖아요, 이런 우연이 가능할까요?"

"뭔 소리를 지껄이는 거야?"

결국 참을성을 잃어버린 최정훈이 성큼성큼 김승태에게 다가갔다. 이성민도 자리에서 일어나 김승태가 들여다보던 화면을 확인했다. 두 사람도 그대로 얼어붙어버렸다. 김승태가 화면에 띄워놓은 창은 누군가의 SNS 계정이었다. 이번에 체포당한 사중 주식회사의 대표의 것으로 몇 년 동안 사용하지 않고 방치된 듯했다. 김승태는 10여 년 전에 게시된 사진에서 눈을 떼지 못하고 있었다. 젊은 시절 사중 주식회사 대표가 온갖 술병을 늘어놓은 테이블을 배경으로 자랑 삼아 촬영한 사진이었다. 친구로 보이는 몇몇 사람이 더 있었다. 최정훈은 그중 낯익은 남자의 얼굴을 몇 번이고 다시 살폈다.

“아니, 그럴 리가요.”

이성민이 아득하게 중얼거렸다. 최정훈도 비슷한 심정이었다. 김승태가 드디어 모두가 꺼내지 못한 말을 입 밖으로 내고 말았다.

“이거 박정웅 사장님이잖아요.”

카페 새벽

언젠가 둥그런 테이블을 사이에 두고 술을 한잔 기울이던 때가 떠올랐다. 어쩌다 그런 자리가 마련되었는지는 기억이 잘 나지 않았다. 최정훈이 경찰이 된 지 얼마 안 되었을 무렵이었고, 운동을 그만둔 김수호는 한발 먼저 달동네를 떠난 뒤 제법 시간이 흘렀을 무렵이었다.

"이야, 그나저나 경찰이라니. 진짜 안 어울린다, 너랑."

술잔을 손에 쥔 채 김수호가 테이블 너머에서 낄낄 웃었다. 취기로 살짝 시야가 멍해진 것 같은 느낌에 최정훈은 천천히 눈을 깜빡였다. 새카맣게 피어오르는 숯불 연기와 철판 위에서 익어가는 싸구려 고기, 벌써 줄을 서기 시작한 술병이 어지럽게 보였다. 그도 주량으로는 어디 가서 밀리는 편이 아니었지만 김수호는 장난 아니었다. 끊임없이 퍼부었는데도 얼굴만 약간 붉어졌을 뿐 취한 기색이라고는 전혀 보이지 않았다. 괜히 자존심이 상해 최정훈은 담배 한 대를 피워 물었다.

"너한테 잘 보이려고 경찰 한 거 아냐, 새꺄. 양아치 같은 네놈이 알 리가 있나."

"웃기고 있네. 누가 들으면 엄청난 사명감이라도 있는 줄 알겠다? 공무원 철밥통 노리고서 그런 거 누가 모를 줄 아냐?"

놀리는 듯한 말에 최정훈이 눈을 흘겼다.

"그래, 새끼야. 나 철밥통 찼다. 부럽냐?"

"아주 부러워 죽겠다. 나는 밥 벌어먹을 거 찾아다니면서 겨우겨우 살아야 하는데."

김수호가 웃음을 터뜨렸다. 분명 빈정거리는 말이었지만 최정훈도 별로 기분이 나쁘지는 않았다. 허물없는 농담 뒤에는 언제나 절대적인 지지가 있다는 걸 잘 아는 탓이었다. 그 믿음에 증거라도 보여주듯 김수호는 최정훈의 잔을 다시 그득 채워주었다.

"그래도 고생했다, 이놈아. 쉬운 일이 아니었을 텐데."

"이제 와서 무슨. 이미 늦었거든."

잔을 입으로 가져가며 최정훈이 쏘아붙였다. 김수호는 속없이 히히 웃으며 제 잔을 채웠다.

"그래도 일확천금은 꿈도 못 꿀 텐데. 경찰 월급이 거기서 거기일 거 아냐."

"일확천금은 무슨. 밥만 안 굶고 살면 됐지."

"부모님 생각도 해야 할 거 아냐, 짜식아."

시큰둥한 대답에 김수호가 금세 얼굴을 찌푸리며 타박을 놓았다. 잔을 금세 비워낸 최정훈이 뚱하니 말했다.

"두 분이야 아직 정정하시니까. 그리고 내 벌이 정도로도 세 사람 입에 풀칠하기는 충분해."

김수호도 단숨에 술을 들이켜고는 탁, 소리 나게 잔을 내려놓았다.

"그 정도로 되겠냐? 노후 준비도 해드려야지."

"이 자식, 잔소리가 왜 이렇게 심해? 우리 부모님 건사야 내가 알아서 하지."

짜증스럽게 대꾸하면서도 최정훈은 술병을 들어 다시 그와 자신의 잔을 채웠다. 김수호는 잔을 쥐며 쯧쯧 혀를 찼다.

"하나 있는 자식 새끼란 놈이 이렇게까지 무심해서야. 안 되겠다, 다음에 찾아뵙고 다 일러바쳐야지."

"쳇. 우리 어머니는 당최 누구 편인지 모르겠단 말이지."

최정훈이 불만스럽게 투덜거렸다. 옛날부터 그랬다. 고등학생이 되었을 무렵 사고로 홀어머니를 잃은 김수호는 어릴 때부터 교류가 잦았던 최정훈의 양친을 제 부모처럼 믿고 따랐다. 양친 역시 그런 김수호를 둘째 아들이라도 되는 양 언제나 살갑게 맞이했다.

"그래도 얼굴 비치면 좋아라 하실걸. 요즘 통 안 보인다면서 걱정하시더라."

"누가? 아주머니? 아니면 아저씨?"

김수호가 반색하며 묻는 말에 최정훈이 퉁명스레 대꾸했다.

"두 분 다."

"그래? 그러면 조만간 고기라도 사 들고 찾아뵈어야겠네. 이딴 싸구려 말고 진짜 좋은 걸로."

기분 좋게 웃으며 김수호가 검댕이 앉은 고기를 뒤집었다. 물끄러미 보던 최정훈이 타박을 놓았다.

"다 좋은데 너무 오버하지 마. 일단 너부터 먹고살아야지. 작년 명절에도 우리 집에 엄청 비싼 한약 보냈다며. 엄마가 기겁하면서 연락 왔더라. 네가 무슨 돈이 있다고 그런 걸 보내냐고."

"하여튼 걱정도 팔자시라니까. 내가 뭔 아직도 애새끼인 줄 아시나. 그 정도 할 돈이야 충분히 있거든?"

고기 몇 점을 밀어주며 김수호가 투덜거렸다.

"고작 그 정도론 다 못 갚을 은혜를 받았으니까. 당연한 거라고."

"호들갑 떨지 마, 은혜는 무슨."

최정훈이 언짢게 대꾸하자 김수호가 단박에 눈을 홉떴다.

"우리 어머니 장례 치르는 것도 도와주시고. 안 그래도 없는 살림에 옆집 꼬맹이 굶어 죽을까 봐 쌀이랑 반찬도 나눠 주시고. 졸업식 날에 너랑 똑같은 꽃다발도 주셨는데 그게 은혜 아니면 뭐냐?"

"글쎄다. 우리 엄마는 딱히 그렇게 생각 안 하실 텐데. 옆집 애새끼 안 굶어 죽게 돌봐주는 거야 어른이 당연히 해야 할 일이잖아."

최정훈의 반응은 여전히 무심했다. 약간 탄 고기를 입에 쏙 넣고 질겅질겅 씹어 넘긴 그가 말을 이었다.

"그리고 너 아녔으면 나같이 말 안 듣는 아들 새끼 감당하지도 못했을 거라고, 오히려 너한테 고마워하라 하시던데. 그 부분은 솔직히 나도 인정하긴 해."

"그건 그렇지. 네가 좀 막 나갔냐. 학교도 안 나가고 양아치 짓 하려는 거 몇 번이나 두들겨 패서 끌고 들어갔지. 그런 놈이 경찰이라니."

옛 생각이 떠오르는지 김수호가 또 낄낄 웃음을 터뜨렸다. 최정훈이 사납게 눈을 흘겼다.

"거참, 끈질기네. 안 어울리는 거 나도 안다고."

"어쨌든 아들 덕 보고 호강하시긴 글렀으니……나라도 힘낼 수밖에."

장난스럽게 씨익 미소 지으며 김수호가 잔을 들었다. 예나 지금이나 천진난만한 기색이 남아 있는, 제법 보기 좋은 미소였다. 최정훈은 한숨을 푹 쉬며 잔을 들었다. 쨍! 맑은 소리를 내며 고기가 타는 탁한 연기 위로 두 사람의 잔이 부딪쳤다.

"딱 기다려라. 이 형님이 언젠가 평생 먹고살 걱정 안 하게 해줄 테니까. 아줌마랑 아저씨도 호의호식하게 해드릴게."

"웃기시네. 네 앞가림이나 잘해. 됐으니까 가끔씩이라도 얼굴 비쳐. 그거로 충분해."

새빨개진 얼굴로 최정훈이 짜증스럽게 쏘아붙였다. 김수호가 피식 웃었다.

"알았다, 이 새끼야. 다음 명절에는 직접 찾아뵐게."

장난스레 말하던 목소리, 소년 시절과 그리 달라지지 않은 개구쟁이 같은 표정이 아직도 기억에 선명했다. 그해 명절에 김수호가 정말로 집에 찾아갔는지는 정확히 기억나지 않았다. 일 때문에 정신없이 바빴던 때니까. 아마 김수호는 제가 내뱉은 말을 지켰을 것이다. 한번 한 말은 꼭 지키려는 고지식한 면이 있었으니. 명절에도 제대로 얼굴 한번 비치지 않는 무뚝뚝한 아들보다야 양친에게는 김수호가 좀 더 살가운 존재였을지도 모른다.

"……소장님, 이 인간, 박정웅 사장이랑 고등학교 동기였어요."

새삼 들려온 이성민의 목소리가 그를 상념에서 깨웠다.

"극히 최근까지도 손을 잡고서 사업을 이어간 모양이고."

"게다가 이 사진이 촬영된 날짜요. 박정호 부부가 실종되기 딱 열흘 전이에요."

사진을 뜯어보던 김승태가 한마디를 얹었다. 이 계정은 그날을 기점으로 방치된 듯 보였다. 김승태가 혼란스러운 얼굴로 조심스럽게 물었다.

"어떻게 해요? 이거…… 연우 씨한테 알려도 되는 거예요?"

이성민도 더 첨언하지는 않았지만 김승태와 같은 생각인 듯했다. 두 사람이 답을 구하며 빤히 쳐다보았지만 최정훈은 쉽게 말을 꺼낼 수 없었다. 방금 김수호가 아주 오래전 그를 배신했을지도 모른다는 사실을 깨달은 참이었다. 그리고 서연우 역시 하나 남은 혈육에게 막 배신당한 참이었다.

담배 냄새가 밴 사무실에 진득한 침묵이 흘렀다. 오랫동안 닦지 않아 지저분한 컴퓨터 화면에는 여전히 사중 주식회사 대표와 박정웅이 나란히 찍은 사진이 띄워져 있었다.

얼마 전 조용한 골목에서 나눈 대화가 떠올랐다. 의뢰인 주제에 상부상조하게 되었다며 제 역할도 해내지 못하는 엉터리 가로등 아래에서 서연우는 농담 반, 진담 반 섞어서 기분 좋게 말했다. 조력자 겸 이해자를 만나서 기쁘다면 솔직히 그렇다고 말하라면서. 서연우는 꽤 들뜬 것처럼 보였다. 분명 거절할 수도 있었다. 하지만 물러터진 카페 사장이 내민 손을 선뜻 잡은 건 그였다. 다 김수호 사건을 파헤치는 데 도움이 될 것이라는 믿음 때문이었다.

아니, 최정훈도 제법 기뻤다. 김수호를 그리도 아끼던 양친마저 그만두라며 타박하던 일을 처음으로 서연우가 긍정해줬다.

그러나 지금 이 연결 고리가 가져온 결과는 그들

이 원하던 것과 정반대였다. 김수호를 향한 최정훈의 믿음은 배신당했다. 김수호는 사람은 죽이지 않았을지언정 결백하지 않았다. 서연우는 마지막 남은 혈육마저 잃어버릴 참이었다. 심지어 양친이 살해당한 일에 얽혔을지도 몰랐다.

○

인터폰에 반가운 얼굴이 기다리고 있었다. 박정웅이었다. 서연우는 부리나케 현관문을 열었다.

"큰아버지!"

"이 녀석아, 아무리 그래도 그렇지. 나갈 거면 말이라도 하든가!"

박정웅은 조카를 보자마자 타박을 놓았다. 서연우는 불만스러운 표정을 하며 투덜거렸다.

"큰아버지가 꼼짝도 못 하게 하셔서 그렇잖아요. 가게를 며칠이나 방치하는 게 말이 되나요?"

"하여간 누구 닮아서 고집 센 건 알아줘야지."

역정을 내긴 했지만 박정웅은 열심히 눈으로 서연우를 살폈다. 잠깐 떨어져 있던 하루 동안 별일이 없었는지 확인하는 듯했다. 거기에서 묻어나는 걱정에 서연우는 불평을 그만두었다.

"왜 전화를 안 받으셨어요? 몇 번이나 걸었는데. 오늘 바쁘셨어요?"

"아아, 급하게 나오느라. 깜빡하고 휴대폰을 회사에 두고 와버렸어."

말하는 박정웅의 표정이 어쩐지 부자연스러웠다. 조금 의아해진 서연우가 눈을 몇 번 깜빡였다.

"회사에서 바로 오신 거예요?"

박정웅이 고개를 끄덕였다. 서연우는 더욱 어리둥절해졌다.

"회사 다녀오신 차림이 아닌데요?"

박정웅은 일자리에 나설 때 언제나 정장을 고수했다. 아침에 출근한다며 나갈 때까지만 해도 늘 그랬듯 말끔한 옷매무새였다. 그런데 지금은 어두운색 점퍼에 평상복 차림이었다. 평소에 즐겨 쓰지도 않는 모자까지 눌러썼다. 박정웅이 짐짓 곤란하다는 표정을 지었다.

"하여튼 예리하다니까. 회사에서 커피를 엎지른 바람에 급하게 갈아입었어."

"아아…… 오늘 이래저래 정신이 없으셨던 모양이에요. 아침에도 급하게 나가시더니. 아참, 들어오실

래요?"

서연우가 문을 활짝 열었다. 하지만 박정웅은 얼굴을 굳히고 거절했다.

"아니, 너 데리러 온 거야. 당장 따라와. 필요한 물건은 내가 새로 사줄 테니까 일부러 짐 챙길 필요도 없어."

박정웅이 단단한 손으로 서연우의 어깨를 잡았다.

"우리 집으로 들어가자. 당분간은 같이 지내. 출퇴근도 거기에서 하고. 이 집은 너무 위험해."

"……위험하다니 그게 무슨 말씀이세요?"

"설명할 시간 없어. 얼른 움직여."

어깨에 올린 손아귀에 힘이 꾹 들어갔다. 박정웅이 조카와 눈을 똑바로 맞추며 또박또박 말했다.

"연우야, 큰아버지 믿지?"

어쩐지 간절함까지 녹아든 어조에 서연우는 한순간 말문이 막혔다. 까닭은 모르지만 박정웅이 어쩐지 벼랑 끝에 내몰린 사람처럼 보인 탓이었다. 그가 숨기지 못한 다급함의 원인이 지금 벌어지는 일련의 사태들과 관련이 있으리라는 직감이 들었다. 그리고 서연우는 부모 대신 돌보아준 박정웅의 간절한 부탁을 거절할 수 없었다. 그는 홀린 듯이 고개를 끄덕였다.

짐을 챙기러 들어가려던 그때 서연우는 문밖에 주차된 차들을 발견했다. 이런 시간에 불법 주차된 차량은 전혀 이상한 일이 아니었다. 다만 이 주변에서 한 번도 본 적 없는 차들이었다. 박정웅이 타고 온 것으로 보이는 차는 아직 시동이 걸린 채였는데 평소에 몰던 자가용과는 다른 종류였다.

"잠깐 기다려주세요. 문단속하고 불만 좀 끄고 나올게요. 가스레인지도 켜놨고. 금방 나올 수 있어요."

박정웅은 노골적으로 안도하는 표정을 지으며 그를 놓아주었다.

서연우는 최대한 침착을 가장하며 집 안으로 들어갔다. 박정웅은 현관문을 붙잡은 채 그를 지켜보고 있었다. 목덜미가 뻣뻣하게 굳는 것 같았지만 서연우는 애써 부정했다. 박정웅은 본인의 자가용 대신 회사 차를 몰 때도 제법 있었다. 커피를 쏟는 것도 있을 법한 실수였고, 회사에 휴대폰을 두고 나오는 것도 얼마든지 가능한 일이었다. 그래, 분명 그럴 터였다.

서연우는 켜두지도 않은 가스불을 확인하는 척하고 일부러 밸브를 잠갔다가 열었다. 베란다 문을 확인하며 미적댔다. 고작 그런 것만으로는 시간을 너무 오래 끌 수는 없었다. 지금 이 순간에도 박정웅은 시계를 연신 확인하며 초조하게 굴어 대고 있었다. 서연우는 아직 갈피를 잡지 못한 채였다. 어쩐지 숨이 차올랐다. 머릿속에 본능적인 경종이 울렸다. 동시에 마음 한구석에서 끊임없이 부정의 말이 들려왔다. 설마 그럴 리 없다. 위험한 일에 발을 들였으니 하나 남은 혈육인 큰아버지가 걱정하는 것은 당연했다. 입술을 깨문 서연우는 가방을 꺼내 들었다. 옷가지를 대충 몇 개 챙겨 넣는 척하며 최정훈이 건네준 휴대폰을 꺼내 전화를 걸었다. 연결음이 몇 번 울리고 끊어버린 서연우는 휴대폰을 무음 모드로 바꾼 뒤 가방 가장 깊숙한 곳에 쑤셔 넣었다.

"연우야, 멀었어?"

"아뇨, 다 했어요."

서연우는 짐짓 밝게 대답하며 가방을 들었다. 마지막으로 조명을 모조리 끈 다음 그는 박정웅을 따라나섰다. 쿠웅. 두 사람이 집을 완전히 빠져나가고 문이 닫혔다. 어둠에 잠긴 방에는 스산한 정적만이 감돌았다.

○

모두가 쉽사리 입을 열지 못했다. 그저 이 사실을 부정하고 싶은 듯 세 사람은 열심히 인터넷을 뒤졌다. 한참 입을 다물고 있던 이성민이 확신 없는 투로 말했다.

"그, 설마요. 우연이겠죠? 박정웅 사장도 사업을 하는 사람이니까. 인맥이 넓을 수밖에 없잖아요. 활동하는 지역도 겹치고."

"게다가 진짜 박정웅 사장이 얽힌 일이었다면 굳이 연우 씨랑 소장님을 연결해줄 필요는 없었던 거 아니에요? 본인 목을 조일지도 모를 일인데? 박정웅 사장은 소장님이 김수호 씨 사건을 쫓는다는 것도 알고 있었잖아요."

김승태가 허겁지겁 말을 이었다. 하지만 최정훈은 동의할 수 없었다.

"……한데 모아놓고 감시하려던 거였다면?"

최정훈은 초조한 마음에 사무실을 서성이기 시작했다.

"애초에 이 모든 건 오태훈이 카페로 쳐들어왔을 때부터 시작된 거야. 그게 아니었더라면 태온이 마약과 얽혔다는 사실조차 몰랐겠지."

오태훈이 서연우를 덮친 것은 동신인력의 주인, 사중 주식회사의 대표, 더 나아가 태온과 박정웅조차 예상치 못한 사고였다. 그 일만 아니었더라면 최정훈은 김수호 사건이 마약과 연관되었을 거라고는 상상도 못 했을 터였다. 서연우 역시 김수호의 죽음과 양친의 사건이 관련이 있다는 걸 영원히 알지 못했을 것이다.

"나랑 서연우를 붙여놨을 때까지만 해도 일이 이렇게 될 거라고는 전혀 예상하지 못했겠지."

박정웅은 동생 부부의 실종과 김수호의 사망이 어떤 식으로든 연결되어 있다는 사실을 알고 있었다. 그리고 끈덕지게 추적을 이어가는 최정훈과 포기하지 않고 제 양친을 찾아 헤매는 서연우를 한데 두기로 했다. 어쩌면 박정호와 서혜인의 시신 정도는 발견되도 괜찮다 생각했을지도 몰랐다. 10년이나 지난 일인데다 사고사 내지는 자살로 처리될 만한 현장이었으니까.

"아니, 하지만요, 그치만……."

멍청히 듣고 있던 이성민이 더듬더듬 중얼거렸다.

"그럼 연우 씨한테 너무…… 너무 잔인하잖아요."

최정훈은 입을 꾹 다물었다. 김승태는 초조한 얼굴로 손톱을 물어뜯었다. 담배 냄새가 밴 어두운 사무실에 진득한 침묵이 내려앉았다. 그때 유난히 요란한 벨 소리가 어두운 공기를 찢었다. 세 사람 모두 흠칫 놀라 고개를 들었다. 최정훈의 책상 위에서 휴대폰이 빛을 내며 제 존재감을 드러냈다. 휴대폰은 곧 다시 잠잠해지더니 부재중 전화 수신을 알렸다. 최정훈은 휴대폰을 집어 들고 발신자를 확인했다. 최정훈의 미간이 구겨졌다.

"……서연우?"

"이 시간에 갑자기요?"

김승태가 물었다. 최정훈이 말없이 다시 전화를 걸어보았지만 서연우는 받지 않았다. 한참 기다린 끝에 차가운 전자음이 수화기 너머에서 들려왔다. 연결이 되지 않아 삐 소리 이후……. 뭔가 단단히 잘못되었다는 직감이 들었다. 새파랗게 질린 이성민이 더듬더듬 물었다.

"왜, 왜 안 받죠? 잘못 눌렀나?"

최정훈은 말없이 다시 전화를 걸었다. 여전히 그는 응답하지 않았다. 마지막 희망을 걸고 그의 집과 카페로 전화를 걸었지만 이번에도 음성 사서함으로 넘어가는 건조한 안내 멘트가 흘러나올 뿐이었다.

"진짜 빌어 처먹을, 무슨 일이 벌어지는 거야?"

결국 최정훈의 입에서 욕설이 튀어나왔다. 이쯤 되면 정말로 무슨 일이 터졌다고밖에는 생각할 수 없었다. 최정훈은 휴대폰 위치 추적 애플리케이션을 실행했다. 지도 위에 표시된 점이 빠른 속도로 이동하고 있었다. 옆으로 다가와서 함께 화면을 확인한 이성민이 당황해 외쳤다.

"어? 뭐야, 왜 여기에 있어요? 심지어 이거 차 타고 이동 중인 거 아니에요? 연우 씨 자가용 있어요?"

표식은 수도권을 벗어나는 고속도로 위를 가리키고 있었다. 차가 아니면 갈 수 없는 위치였다.

"있겠냐? 카페랑 집만 겨우 왔다 갔다 하는 녀석인데."

짜증스럽게 쏘아붙인 최정훈이 휴대폰 화면을 노려보았다. 어쩌면 박정웅이 갑자기 서연우를 자기 집에 반쯤 감금하다시피 했던 것부터가 이렇게 될 복선이었을지도 몰랐다. 휴대폰을 꽉 쥔 최정훈이 두 사람에게 지시했다.

"야, 차에 시동 걸어."

서슬 퍼런 목소리에 이성민과 김승태가 급하게 바

깥으로 뛰쳐나갔다. 쾅! 문이 닫히는 소리를 흘려들으며 최정훈은 누군가에게 전화를 걸었다. 몇 번 신호음이 가기도 전에 상대방이 응답했다.

"야, 이 새끼야! 나도 더 이상은 말 못 해준다니까? 안 그래도 바빠 뒈지겠는데 왜 자꾸 귀찮게 굴어?"

다짜고짜 욕이 쏟아졌지만 최정훈은 들은 척도 하지 않았다.

"닥치고, 시간 없으니까 용건만 말한다. 당장 동기고 선배고 다 모아서 출동해. 오태훈 관련 건으로. 너희가 얼간이같이 놓친 쪽 전부 다 잡아다 대령해줄 테니까."

"이건 또 뭔 헛소리야? 너 그 살인 사건 쫓는다면서 왜 자꾸 오태훈 일에 간섭해? 아니, 잠깐만, 놓친 쪽이 있다니 무슨 말이야?"

짜증 가득한 대답이 터져 나왔다. 최정훈은 그 역시 간단하게 무시했다.

"내 말 듣기나 해. 안 그러면 지금까지 나한테 슬쩍슬쩍 찔러준 것까지 합쳐서 고발해버릴 테니까."

"미친 새끼야, 네가 먼저 물어봤잖아! 이거 아주 은혜를 원수로 갚네?"

"닥치고 들어! 너 내가 헛소리하는 거 봤냐?"

　최정훈이 버럭 고함치자 상대가 조용해졌다. 최정훈은 더 말하지 않고 곧장 본론으로 들어갔다.

　"네놈들이 놓친 마약범들이 더 있어. 그놈들이 지금 민간인을 데리고 도주 중이다."

　"뭐라고?"

　얼떨떨한 반응이 돌아왔다. 최정훈은 최대한 짧고 간결하게 상황을 전달했다. 상대방은 가만히 듣기만 했다. 드디어 최정훈의 말이 끝나자 약간 건조한 목소리가 전화기 너머에서 들려왔다.

　"너 그거 책임질 수 있냐?"

　"책임이고 나발이고 한시가 급하다고, 새끼야. 난 이제 경찰도 아닌데 책임은 무슨 지랄 개뿔."

　최정훈이 사납게 으르렁거렸다.

　"친히 정보까지 공유하면서 신고해주는 거니 고맙게 여기고 움직이기나 해. 당장 해외로 튀지는 못할 테지만 이번에 놓치면 어디로 숨을지 몰라. 아무것도 모르는 녀석이 같이 끌려가고 있다고 했잖아. 내 말은 도대체 어디로 처들은 거야?"

　"……하아아."

　커다란 한숨 소리가 들려왔다. 잠시 후 짧은 대답이 돌아왔다.

"그래서 지금 위치가 어디라고?"

○

　서연우는 챙겨 나온 가방을 소중히 끌어안고 조수석에 올라탔다. 차가 어두운 길을 달리기 시작했을 때도 서연우는 한동안 아무런 말을 하지 않았다. 운전대를 잡은 박정웅 역시 입을 다물고 있기는 마찬가지였다. 어둠에 잠긴 도시를 가로질러 차는 외곽으로 접어들었다. 그제야 서연우가 운을 뗐다.

　"큰아버지 댁으로 가는 길이 아니네요."

　그저 담담하기만 한 목소리였다. 박정웅은 힐끗 곁눈질로 옆에 앉은 조카를 보았다. 얼핏 태연하게 보였지만 유순한 눈동자가 다소 혼란에 차 있었다. 박정웅이 짧게 한숨을 삼켰다.

　"미리 말 못 해서 미안하다. 그냥 이야기하면 안 따라올 것 같아서."

　"따라 나왔으니까 이제 말해주시면 안 되나요? 뭐가 어떻게 된 일인지."

　서연우는 여전히 박정웅을 쳐다보지 않고 있었다. 가방을 껴안은 양손에 힘이 들어가 꾹 주먹이 쥐어졌다.

한참 단어를 고르듯 침묵하던 박정웅이 입을 열었다.

"최 소장, 그자가 너를 속였어."

서연우는 여전히 아무 말도 하지 않았다. 별다른 반박이 돌아오지 않는 데 안심하며 박정웅은 한결 차분해진 목소리로 설명을 이어갔다.

"그 사람, 예전에 경찰이었지만 상당히 질이 나쁜 사람이었다더군. 미안해. 내가 좀 더 자세히 알아보고 소개했어야 하는데. 결국에는 그놈도 제 목적을 위해서 널 이용한 거야."

한참 후 서연우가 천천히 되물었다.

"……이용이요?"

이제 차는 고속도로를 향해 달리고 있었다. 서연우는 사이드 미러를 힐끗 곁눈질했다. 집 주변 골목에서부터 보이던 차 두 대가 적당한 거리를 유지하며 계속 따라오고 있었다. 박정웅은 정면에 시선을 고정하고 운전에 집중하면서 말을 이었다.

"널 이용해서 위험한 놈들을 끌어들였어. 갑자기 네 카페에 쳐들어온 자식도 다 최 소장 때문이야. 이미 끝난 사건 때문에 위험한 곳을 들쑤시고 다녔다더군. 최 소장이랑 어울려 다닌 탓에 위험한 놈들이 널 주시하기 시작했어."

서연우는 대답하는 대신 가방을 꽉 끌어안았다. 그 침묵을 어떤 의미로 받아들였는지 박정웅의 목소리가 약간 누그러졌다.

"그러니까 당분간은 안전한 곳에 가 있자. 금방 괜찮아질 거야. 최 소장이랑은 더 이상 연락하지 말고. 무슨 일이 있어도 너까지 위험해지는 꼴은 절대로 못 봐. 넌 내 하나 남은 가족이니까."

마치 어린애를 달래는 듯한 어조였다. 서연우는 여전히 침묵할 뿐이었다. 그제야 이상하다고 느낀 박정웅이 옆을 보았다.

"카페도 정리하고 다른 곳에서 여는 거야. 큰아버지가 얼마든지 도와줄게. 더 멋지고 번듯하게 할 수 있어."

고속도로의 흐린 가로등 불빛이 빠르게 스쳐 지나가며 어두운 차 안을 언뜻언뜻 비추었다. 그림자 속에 웅크린 서연우는 마지막 희망이라도 되는 것처럼 가방을 꽉 끌어안고 있었다. 흐린 불빛 아래 드러난 손등에는 카페에서 일하며 생긴 자잘한 흉터가 제법 많이 보였다. 그 위로 뚝뚝 투명한 눈물방울이 떨어지고 있었다.

"연우야?"

박정웅이 놀란 목소리로 그를 불렀다. 하나뿐인 조카로부터는 여전히 대답이 돌아오지 않았다. 고개를 푹 숙인 채 서연우는 그저 조용히 눈물을 떨어뜨릴 뿐이었다. 가방을 끌어안은 손에 힘이 더욱 들어갔다. 멍청이처럼 굴고 싶지 않았지만 그런 마음과는 달리 눈물을 걷잡을 수 없었다. 숨이 턱까지 차고 입안에서는 피 맛이 났다.

"연우야? 괜찮아? 연우야!"

박정웅의 다급한 목소리에 서연우는 가까스로 정신을 되찾을 수 있었다. 자신이 숨을 헐떡이고 있다는 사실을 뒤늦게 깨달았다. 어지러웠다. 당장이라도 속이 뒤집혀서 토할 것 같았다. 서연우는 자꾸만 비집고 나오는 것을 억눌러 담으려 입을 틀어막았다.

"……죄송해요. 잠깐만, 진짜 잠깐만……."

서연우는 다시 한번 마른침을 삼키고 말을 이었다.

"……휴게소에 들를 수 있을까요? 속이 너무 안 좋아서. 바람 쐬고 싶어요."

박정웅은 잠깐 고민하듯 입을 꾹 다물고 있었다. 그리고 잠시 후 못 이기는 척 고개를 끄덕였다.

"알았어. 쉬었다가 가자."

마침 휴게소가 안내 표지판이 보였다. 박정웅은

방향 지시등을 넣고 차선을 바꿨다. 서연우는 가방을 더욱 꽉 끌어안았다. 새하얗게 질린 손이 잘게 떨리기 시작했다. 그는 어떻게든 정신을 차리려 애썼다. 어쩌면 지금이 마지막 기회일지도 몰랐다. 천천히 심호흡하던 그는 눈을 꾹 감았다가 떴다. 자신이 어떤 꼴이 되든 그 사람에게 민폐가 되고 싶지는 않았다. 박정웅의 차가 매끄럽게 휴게소로 진입했다. 함께 오던 차 두 대가 잠깐 주춤하더니 뒤따랐다. 새벽녘이 다 되어 가는 시간이어서인지 휴게소 주차장은 거의 비어 있었다. 박정웅이 적당한 자리를 찾아서 차를 세울 때까지 서연우는 아무런 말도 하지 않았다. 박정웅은 시동을 끄지 않은 채 안전벨트를 풀었다.

"잠깐 내려서 바람만 쐬자. 커피 사줄까?"

퍽 다정한 제안이 돌아왔다. 그 안에 서린 애정이 거짓이 아니라는 사실을 서연우는 누구보다 잘 알았다. 서연우는 이번에도 쉽사리 입을 열지 못했다. 결국 답답함에 박정웅이 한 번 더 재촉하려던 찰나.

"큰아버지."

서연우가 문득 그를 불렀다. 목소리가 약간 갈라져 나왔다. 박정웅은 초조한 마음을 숨기지 못하고 되물었다.

"왜?"

"하나만 여쭤봐도 괜찮아요?"

서연우는 여전히 고개를 푹 숙인 채였다. 한참 갈등하던 그가 천천히, 하지만 또박또박 말했다.

"……엄마 아빠한테 무슨 일이 있었던 거예요?"

박정웅의 얼굴이 딱딱하게 굳어졌다. 차 안에 진득한 침묵이 내려앉았다. 간신히 멈췄던 눈물이 터지려는 것을 애써 참으며 서연우가 말을 이었다.

"아까부터 뒤따라오는 차는 누구예요? 큰아버지는 왜 도망치는 사람 같은 모습이에요?"

"연우야, 그게 무슨………."

퍼뜩 정신을 차리고 박정웅이 뭐라 말하려 했지만 서연우는 들리지 않는 듯했다.

"지금 우리 어디로 가는데요? 이 차도 렌터카 빌려 오신 거죠?"

꽉 멘 목소리가 이어졌다. 어떻게든 참으려 했지만 결국 다시 시야가 뿌옇게 물들었다. 저항 없이 후드득 떨어지는 눈물방울은 멈출 기미가 전혀 보이지 않았다. 서연우는 결국 꾹꾹 눌러 담던 한마디를 입 밖으로 꺼내놓았다.

"거짓말은 이제 그만하세요. 저를 속인 건 소장님

이 아니라 큰아버지잖아요."

○

김승태가 운전하는 차의 조수석에 앉아 최정훈은 GPS의 위치가 표시되는 화면만 뚫어져라 쳐다보았다. 살벌한 기운에 두 사람은 차마 입을 열 엄두도 내지 못했다. 한참 뒤 눈살을 구긴 최정훈이 툭 내뱉었다.

"이 근처 휴게소야. 거기에 차를 세웠어."

"휴게소요?"

뜻밖의 말에 김승태가 눈을 휘둥그레 떴다. 뒷좌석에서 목을 쭉 빼고 있던 이성민 역시 어처구니없이 중얼거렸다.

"쫓기듯 도망치는 주제에 여유가 넘치네요."

"아니면 서연우가 뭔갈 했는지도 모르지."

서연우는 박정웅과 함께 출발하기 전 처음부터 그들이 추적할 수 있도록 손을 썼다. 조카의 휴대폰을 압수한 박정웅이 서연우가 처음 보는 휴대폰을 쥐고 있는데 아무런 조치를 하지 않았을 리 없다. 서연우는 큰아버지에게 들키지 않도록 휴대폰을 숨겨두고서 최정훈이 뒤를 쫓을 수 있도록 시간을 끌고 있는 게 분명했다.

"목적지에 도착해서는 안 된다는 걸 직감한 거야."

서연우다운 명민한 선택이었다. 이 고속도로는 마침 바다가 있는 곳으로 향하는 길목이었다. 이대로 항구까지 다다라 다른 나라로 밀항이라도 했다가는 속수무책이었다. 최정훈이 침착하게 지시했다.

"최대한 천천히 접근해. 혹시라도 들키면 곤란하니까."

굳은 얼굴로 대답한 김승태가 차선을 바꿨다. 멀지 않은 곳에 휴게소가 있다는 표지판이 눈에 들어왔다. 그들의 뒤를 따라오던 다른 차량 역시 같은 차선으로 진입했다. 한참 입을 다물고 있던 이성민이 아직 확신이 들지 않는다는 투로 입을 열었다.

"있잖아요, 정말 이래도 되는 걸까요?"

"뭐가."

최정훈이 불퉁하게 되묻자 이성민이 주저하며 말을 이었다.

"아니…… 멍청한 소리인 줄은 저도 잘 알고 있긴 한데요. 연우 씨를 위해서 이러는 게 맞는지 싶어서요. 그냥, 그, 지금은 그냥 연우 씨를 데려오기만 하는 것도 방법이잖아요. 경찰에 박정웅 씨까지 고발하는 것보다는······."

"주제넘은 소리 하지 마."

곧장 차가운 대꾸가 날아들자 이성민이 움찔했다. 최정훈은 정면을 보며 또박또박 대답했다.

"그건 서연우가 판단해야지 우리가 참견할 일이 아니야."

이성민이 당장 입을 꾹 다물었다. 김승태는 묵묵히 운전에만 집중했다. 최정훈이 가라앉은 음성으로 덧붙였다.

"여기서 우리가 입을 다물어버리면 서연우가 보낸 10년이 뭐가 되는데? 그리고 서연우는 이미 결론을 내렸어."

서연우는 분명 그들에게 도움을 청했다. 망설이지 않을 이유는 그것만으로 충분했다. 분명 그는 지금 구렁텅이에 빠진 심정이었다. 서연우의 상실감은 더하면 더했지 덜하지 않을 것이다. 그러나 최정훈은 서연우가 멈추지 않을 거라 믿었다. 어떤 현실에 부딪히든 서연우는 그저 주저앉아 있지만은 않는다. 짧게 울린 전화벨이 그 증거였다. 만약 수렁에 빠져 허우적대는 서연우를 구할 수 있다면 김수호의 그림자만 쫓아온 그의 지난 세월 역시 무의미하지 않을 것이다.

○

차 안에 어색한 침묵이 흘렀다. 시동이 걸린 채 공회전하는 엔진 소리가 건조하게 울려 퍼졌다. 한참 만에 박정웅이 어색한 미소를 지었다.

"그게 무슨 말이야, 내가 널 속이다니. 최 소장이 뭐라고 떠들어댔는지는 모르겠지만……."

"소장님은 아무 말씀도 안 하셨어요. 오늘 큰아버지가 데리러 오시지 않았더라면 아무것도 몰랐을 거예요."

서연우는 그와 눈을 마주치지 않은 채 천천히 말을 이었다. 방울방울 떨어지는 눈물은 멈출 생각을 하지 않았지만 목소리는 점차 또렷해졌다.

"그날 엄마랑 아빠를 불러낸 사람이 큰아버지예요? CCTV도 없는 길을 따라서 바닷가까지 데려가서…… 바다에 뛰어들게 만드셨어요?"

박정웅은 대답하지 않았다. 시야가 흐릿해 서연우는 그가 어떤 표정을 하고 있는지 볼 수 없었다. 단지 운전석에 앉은 딱 하나뿐인 핏줄이자 보호자의 호흡이 점차 거칠어지는 것이 느껴졌을 뿐이었다.

"그럴 리가 있겠어? 넌 무슨 소릴 하는 거야? 내

가 왜 정호를……."

"큰아버지가 아니라면 큰아버지의 비즈니스 파트너였겠죠."

박정웅이 한참 만에 반박을 꺼내 들었지만 서러운 음성에 말허리가 잘렸다.

"부모님이 스스로 뛰어드셨든 아니든, 다른 사람이 손을 썼든 결국 큰아버지가 죽인 거란 사실은 변치 않잖아요."

박정웅은 할 말을 잃어버렸다. 어릴 적부터 서연우는 묘하게 어른스러웠다. 처음 양친을 잃었을 때도 그랬다. 그런데 지금 10년이 지나 길을 잃어버린 어린애처럼 굵은 눈물을 뚝뚝 떨어뜨리고 있었다.

"김수호 씨도 그렇게 물속에 가라앉혔어요? 그렇게 처리하면 증거까지 쉽게 인멸할 수 있다는 걸 엄마 아빠를 죽였을 때 깨달아서, 그런 식으로, 사람을……."

다시 숨이 가빠졌다. 금방이라도 끊어질 것 같은 목소리로 서연우는 어떻게든 문장을 완성했다.

"큰아버지는 돈 때문에 사람을 죽였어요?"

제가 한 말이 너무나도 끔찍한 탓에 서연우는 낯빛이 당장 기절할 것처럼 창백해졌다. 다만 정신을 차리려 애쓰며 가방을 꽉 끌어안았다. 몸이 덜덜 떨렸지만 절대 두려움 때문이 아니었다. 지금 서연우를 지배한 것은 지독한 상실감과 배신감이었다. 조카를 자식처럼 돌봐온 박정웅은 그 사실을 잘 알았다. 박정웅은 이를 꽉 악물었다가 천천히 한숨을 내쉬며 차분히 말했다.

"아니다. 네가 오해한 거야. 난 사람을 죽인 적 없어."

"못 믿겠어요."

서연우가 고집스레 대답했다. 박정웅은 꽈악 핸들을 쥔 손에 핏줄이 설 만큼 발작적으로 고함쳤다.

"내가 안 죽였어! 그 새끼들이 멋대로 굴었을 뿐이라고!"

서연우가 놀라 고개를 들었다. 기습적으로 조카와 눈을 마주친 박정웅이 멈칫 입을 다물었다. 항상 애정이 가득하던 짙은 눈동자에 혼란이 가득 차 있었다. 그 사실이 무엇보다도 견디기 힘들어, 박정웅은 속에서 치밀어 오르는 욕을 쏟아붓기 시작했다.

"씨발 진짜,, 네 아버지나 너나 똑같아. 왜 그렇게 남의 일에 관심이 많냐? 내가 준 돈으로 호의호식했으면 그냥 닥치고 있지 왜 굳이 대가리를 들이밀어서 사달을 만드냐고!"

서연우는 흠칫하며 몸을 뒤로 뺐다. 콰앙! 분을 이기지 못한 박정웅은 주먹으로 핸들을 내리쳤다.

"그 얼간이 경호원도 그렇고. 위험한 일인 걸 알았으면 그냥 모르는 척하면 되지 왜 굳이 일을 크게 만들어? 괜히 설치다가 알아서 뒈져버린 건 그놈인데! 돈이 모자랐으면 그렇다고 말하면 될 것이지!"

얼굴이 시뻘겋게 달아올라 악을 써대는 박정웅은 더 이상 그가 알던 큰아버지가 아니었다. 서연우가 신음처럼 중얼거렸다.

"그럼 김수호 씨가……."

"그러니까 너도 그냥 닥치고 따라와."

박정웅은 그 작은 목소리조차 허락하지 못하겠다는 듯 조카의 어깨를 거칠게 잡아챘다. 쾅! 서연우의 몸이 유리창에 세게 부딪쳤다. 일그러진 낯을 코앞까지 들이민 박정웅이 짐승처럼 으르렁댔다.

"그냥 얌전히 함께 가면 내가 평생 편히 살게 해준다잖아. 네 애미 애비 꼴 나고 싶어? 스스로 사지에 뛰어든 걸 내가 죽였다고 말할 수 있냐? 어? 말해봐, 그 잘난 주둥이로 말해보라고!"

붙잡힌 어깨가 뻐근하게 아파왔다. 서연우도 눈에 점점 독기가 차올랐다. 서연우는 새빨갛게 부은 눈으로 박정웅을 표독스럽게 쏘아보았다.

"당신은 살인자야. 무슨 변명을 지껄여도 달라지는 건 없어요."

"서연우!"

박정웅이 버럭 소리를 지른 순간 서연우는 기습적으로 잠금장치를 풀고 문고리를 당겼다. 두 사람의 체중이 실린 문이 저항 없이 활짝 열리며 서연우는 그대로 뒤로 굴러떨어졌다. 박정웅이 반사적으로 잡아채려 했지만 서연우는 제가 끌어안고 있던 가방을 박정웅의 얼굴에 집어 던졌다.

"윽!"

잠깐 박정웅이 주춤하는 사이 서연우는 급하게 몸을 일으켰다. 한 차례 발이 꼬여 넘어졌지만 중심을 잡고 아스팔트 지면을 박찼다. 어느새 뒤따라 내린 박정웅이 고함치는 소리가 들렸다.

"연우야! 서연우!"

멀지 않은 곳에서 지켜보던 차량 두 대에서 남자들이 급하게 내렸다.

"뭐야, 박 사장. 갑자기 무슨 일이야?"

"애가 도망쳤어! 빨리 잡아!"

박정웅의 말에 남자들이 욕설을 지껄이며 서연우

를 뒤쫓았다. 서연우는 있는 힘을 다해 주차장 밖을 향해 내달렸다. 얼마 지나지 않아 호흡이 턱까지 차올 라왔다. 넘어지면서 꽤 크게 다쳤는지 바지의 무릎 부분이 축축하게 젖기 시작했다.

"거기 서!"

"연우야!"

휴게소 입구 표지판이 점점 다가올수록 뒤에서 외치는 소리 역시 점점 더 가까워졌다. 당장 주저앉아 토하고 싶었지만 서연우는 멈추지 않았다. 분명 그가 멀지 않은 곳에 있었다. 최정훈이라면 그가 보낸 작은 신호를 놓치지 않았을 터였다. 박정웅과의 짧은 대화 로 서연우는 깨달았다. 김수호는 사람을 죽이지 않았 을지언정 양손이 깨끗하지는 않았다. 최정훈은 과연 그 사실을 알까. 어쩌면 이미 알아차렸을지도 모르겠 다. 그러니 서연우는 발악해야만 했다. 그럴 의무가 있 었다. 최정훈에게 이해자니 뭐니 하며 잘난 척 떠들어 댔다. 주저앉아버리면 아닌 척하면서도 상냥한 그 사 람 역시 이 잔인한 현실에 매몰되어버릴지 몰랐다. 서 연우는 자신이 건넨 호의에 책임지며 그가 건넨 상냥 함에 보답할 필요가 있었다. 모든 것을 잃은 지금 서연 우를 지탱하는 것은 오로지 그 사실 하나뿐이었다.

"이 애새끼가 진짜!"

한 걸음 뒤에서 이를 부득 갈아붙이는 소리가 들려왔다. 동시에 우악스러운 손길이 뒷덜미를 잡아챘다. 한순간 목이 확 졸리며 눈앞이 새하얘졌다. 정신을 차렸을 때는 이미 뒤로 고꾸라진 몸이 아스팔트 바닥과 세차게 부딪치고 있었다. 우당탕! 크게 넘어지는 바람에 한순간 뒷덜미를 붙잡은 손아귀에서 힘이 풀렸다. 서연우는 그 기회를 놓치지 않았다. 아픔을 느낄 새도 없이 가까스로 몸을 가누고 상체를 일으켰다. 얼마 떨어지지 않은 곳에서 욕을 퍼부으며 쫓아오는 두 사내가 보였다. 그리고 멀찍이 떨어진 곳에서 박정웅이 애타게 부르며 달려왔다. 거친 욕설과 함께 위협적인 손길이 다시 그에게 날아들었다. 서연우는 피할 수 없다는 것을 직감했다.

"이 망할 애새끼……!"

무력감에 치가 떨렸다. 덮쳐오는 커다란 그림자가 눈동자에 새겨졌다. 그를 향해 뻗어오는 다섯 개의 손가락은 절망의 그림자를 닮아 있었다. 번들대는 두 눈동자에 한가득 자기 모습이 보였다. 딱 한 걸음. 그 순간 지금껏 아무도 인지하지 못하던 거친 배기음이 귓가에 파고들었다. 서연우는 움직임을 멈췄다. 도망치는 것을 포기한 게 아니었다. 더 이상 혼자 발버둥 치지 않아도 된다는 사실을 깨달았을 뿐. 화아악! 등 뒤에서 새하얀 불빛이 쏟아졌다. 기습적으로 켜진 상향등이 서연우를 붙잡으려던 남자의 눈을 정면으로 후벼 팠다. 빠아아앙! 날카로운 경적 소리가 밤하늘을 찢어놓았다.

"뭐, 뭐야?"

남자가 급히 눈을 가리며 뒤로 물러나자 서연우는 다리에 힘이 풀려 그 자리에 주저앉았다. 난폭한 움직임으로 휴게소 안에 미끄러져 들어온 차 한 대가 헤드라이트를 밝힌 채 가속하고 있었다. 차는 그대로 서연우를 추격하는 이들을 향해 달려들었다. 사내들이 기겁하며 뒤로 물러섰다. 끼기기긱! 소름 끼치는 브레이크 소음과 함께 차량이 급정거했다. 서연우는 멍하니 그 광경을 바라보기만 했다. 조수석 문이 벌컥 열리고 그토록 기다리던 한 사람이 다급히 차에서 뛰어내렸다.

"서연우!"

"소장님……."

말라붙은 입술을 겨우 달싹였다. 당장 일어나서 달려가야 했지만 도무지 다리에 힘이 들어가지 않았다. 주저앉은 채 균형을 잡지 못하는 서연우를 본 최정훈이 쯧 혀를 차고는 그를 향해 지면을 박찼다. 그때 잠깐 주춤하는 사이 달려든 남자가 최정훈을 향해 주먹을 날렸다. 미처 대비할 틈도 없이 날아든 공격이 뺨을 강하게 후려쳤다. 한순간 휘청이던 최정훈은 이를 으득 악물고 주먹을 단단히 말아 쥐었다. 그러고는 막 뒤로 물러서려던 남자의 명치에 묵직한 주먹을 꽂아 넣었다.

"끄으윽!"

최정훈은 뻣뻣하게 경직된 그를 아무렇게나 내던져버렸다. 바닥을 뒹굴다 명치를 움켜쥐고 경련하는 그를 내버려둔 채 최정훈은 다시 서연우를 향해 돌아섰다. 아직 남은 한 명이 서연우 가까이에 서 있었다. 최정훈과 눈을 마주친 그가 흠칫하며 급하게 서연우를 향해 달려들었다. 뒷좌석에서 뛰쳐나온 이성민이 그의 뒷덜미를 와락 낚아챘다.

"커헉! 이, 이거 안 놔? 죽여버린다!"

그가 악을 쓰며 몸을 비틀었지만 이성민은 호락호락하지 않았다.

"이 새끼가 어딜 감히."

이성민은 버둥대는 남자의 손목을 잡아채 억센 힘

으로 비틀어 꺾었다. 우두둑. 뼈가 비틀리는 소리와 함께 찢어지는 비명 소리가 터졌다.

"끄아아아악!"

순식간에 두 사람이 제압당하는 것을 본 박정웅은 뒤로 주춤 물러섰다. 마지막으로 서연우에게 미련 어린 시선을 보내고 이내 결심한 듯 아직 시동을 끄지 않은 차를 향해 도망쳤다. 박정웅은 액셀을 밟았다. 끼이이익! 쿵! 급발진한 차가 휴게소의 입간판을 한 번 들이받고는 그대로 핸들을 꺾어 휴게소를 빠져나갔다. 피가 터진 입술을 닦아낸 최정훈은 곧장 전화를 걸었다. 몇 번 신호가 가기도 전에 전화가 연결됐다.

"야, 방금 한 놈 빠져나갔으니까 알아서 잡아. 여기 있는 두 놈은 제압했어."

대답을 듣지도 않고 최정훈은 전화를 뚝 끊어버렸다. 그러고는 휴대폰을 아무렇게나 쑤셔 넣은 뒤 서연우를 향해 고개를 돌렸다. 서연우는 여전히 그 자리에 주저앉은 채였다. 멍하니 박정웅이 도망친 곳을 응시하는 모습은 마치 영혼이 빠져나간 사람처럼 보였다. 차마 원망을 터뜨릴 힘도 더 울 기력도 잃어버린 듯했다. 착잡하게 그를 바라보던 최정훈은 문득 서연우의 무릎이 새빨갛게 젖어 있다는 사실을 깨닫고는 눈을 크게 떴다. 무릎만이 아니었다. 뺨에도 언제 긁혔는지 작은 상처가 나 있었고, 넘어지며 짚은 손바닥도 까져 피가 나고 있었다. 바닥을 나뒹구는 두 놈을 김승태와 이성민에게 맡기고 빠른 걸음으로 서연우에게 다가갔다.

"야, 꼴이 그게 뭐야? 우선 병원부터……."

서연우에게는 그 목소리조차 닿지 않았다. 서연우는 자리에서 일어날 엄두도 내지 못하고서 넋 나간 얼굴로 박정웅의 차가 사라진 곳을 멍하니 바라보고 있었다. 최정훈은 그 자리에 멈춰 서서 착잡한 눈으로 서연우를 내려다보았다. 잠시 후 그는 천천히 한숨을 내쉬며 몸을 숙여 서연우와 눈높이를 맞췄다.

"서연우, 나 봐."

최정훈이 또박또박 그를 불렀다. 늘 그랬듯 약간 무뚝뚝한 목소리로.

"다 정리됐어. 괜찮아. 그러니까 나 봐."

차분한 음성으로 한 번 더 말하자 그제야 서연우가 그를 향해 고개를 돌렸다. 가까이에서 본 얼굴은 더욱 엉망진창이었다. 상처에다 얼마나 울었는지 눈물 자국까지 창백한 낯에 고스란히 남아 있었다. 최정훈은 말없이 가만히 기다려주었다. 한참 뒤 서연우가 더듬더듬 입을 뗐다.

"소장님, 얼굴이…… 다친 것 같은데."

"지금 누가 누구보고 상처 타령을 하는 거야?"

최정훈이 품에서 손수건을 꺼내 건네주었다. 서연우는 멍하니 보기만 했다. 최정훈은 한숨을 푹 내쉬고는 서연우의 뺨에 난 상처 위에 손수건을 꾹 눌러주었다. 천천히 눈을 깜빡이며 최정훈을 보던 서연우가 중얼거렸다.

"소장님, 김수호 씨 일……."

"나도 알아."

서연우의 혼란에 찬 눈동자가 최정훈에게 닿았다. 최정훈은 그 시선을 피하지 않았다. 이런 상황에도 남일을 신경 쓰는 그가 마음에 들지 않았지만 어쩔 수 없었다. 그게 서연우였다. 그래서 최정훈은 지금 서연우에게 가장 필요할 것 같은 말을 꺼냈다.

"괜찮아."

"네?"

서연우가 멍하니 되물었다. 그와 눈을 똑바로 마주치며 최정훈이 또박또박 말했다.

"나는 괜찮다고. 솔직히 김수호 그 자식 내가 두들겨 패서 갱생시키지 못한 게 한이지만. 어쩌겠냐. 이미 다 끝난 일. 이대로도 충분해. 살인 누명은 벗겨줄 수 있을 테고…… 어쨌든 너도 무사하니까.”

좀 더 자주 연락했더라면, 더 관심을 기울였더라면. 언젠가부터 돈에 집착하던 그를 때려서라도 말렸더라면 이런 사태는 벌어지지 않았을지도 모른다. 하지만 이미 다 지나간 일이었다. 최정훈은 그 후회를 억지로 씹어 삼키고 스스로에게 다짐하듯 말했다.

한순간 서연우는 낯빛을 흐렸다가 이내 고개를 푹 떨어뜨렸다. 머리 위에서 여전히 무뚝뚝하지만 차마 다정함을 숨기지 못한 목소리가 이어졌다.

“그러니까 괜찮아.”

서연우는 묵묵히 고개를 끄덕였다. 아스팔트 위에 놓인 주먹에 꽉 힘이 들어갔다. 목구멍이 뜨겁게 타는 느낌이었다. 뚝뚝 떨어진 눈물이 상처 난 손등을 적시기 시작했다. 꼴사나운 흐느낌이 새어 나왔다. 최정훈은 질책하지 않았다. 그저 그 자리에서 가만히 기다려 줄 뿐이었다.

“……소장님.”

한참 만에 잔뜩 멘 음성이 흘러나왔다. 모든 걸 빼앗긴 기분이었다. 가장 믿었던 사람에게 배신당했다. 자기도 속이 타들어가는 주제에 어설프기 그지없는 방식으로 위로를 건네는 사람이 있었다. 얼굴에 시퍼런 멍을 달고서도 최정훈은 아픈 기색 하나 내비치지 않고 가만히 곁을 지켜주었다. 가까스로 호흡을 가다듬은 서연우가 더듬더듬 말했다.

"저, 갈래요."

자꾸만 차오르는 눈물이 거추장스러웠다. 옷소매로 눈을 벅벅 문질러 닦은 서연우가 새빨개진 시선을 들어 최정훈을 보았다.

"……집에 갈래요."

은은한 커피 향이 고이고 재즈가 흐르는 카페. 외로움을 타는 그가 애정을 쏟아붓던 그곳이 이제는 서연우가 베풀었던 것과 똑같은 온기를 품은 채 가만히 주인을 기다리고 있었다. 마치 그 한마디를 기다렸다는 듯 최정훈이 알아볼 듯 말 듯 미소를 드리웠다.

"진작 그럴 일이지."

서연우를 향해 투박한 손길이 다가왔다. 서연우는 거절하지 않고 손을 붙잡았다. 힘 하나 없는 몸이 쑥 들어 올려졌다. 서연우는 최정훈의 단단한 팔에 의지해 중심을 잡았다. 멀리서 지켜보던 이성민과 김승태가 짧게 안도의 한숨을 내쉬었다.

○

박정웅은 멀리 못 가고 경찰에게 체포당했다. 휴게소에서 발견한 차량 두 대에서 억대 단위의 마약이 발견된 덕분에 그들은 곧 구속되었다. 박정웅은 심문을 받기도 전에 스스로 입을 열었다. 그가 자백한 내용에는 마약 거래에 가담한 일당 중 아직 체포되지 않은 일당의 명단은 물론 태온기업에서 일어났던 살인 사건과 얼마 전 발견된 박정호, 서혜인 부부가 살해당한 전후 상황 역시 포함되어 있었다. 최정훈에게 이 소식을 전해준 건 경찰 동기인 이정민이었다. 비는 날 일부러 사무실까지 찾아와 민간인에게 털어놔서는 안 되는 이야기를 늘어놓았다.

"꼴에 조카를 아끼는 마음은 진짜였던 모양이더라고. 혹시 밖의 잔당이 조카한테 해라도 끼칠까 싶어 엄청 초조해하던데?"

"쯧, 깨끗한 척하긴. 동생 부부를 죽인 주제에."

최정훈이 담배를 피워 물며 얼굴을 와락 구겼다.

"그래서 태온 살인 사건은 재수사한다고?"

"어. 박정웅의 증언을 토대로. 그쪽 대표를 주요 참고인으로 삼을 거야. 어차피 그 양반도 마약 건 때문에 구속된 상태지만."

이정민이 개운치 않은 얼굴로 고개를 끄덕였다. 마약 거래에 연관된 증거가 고스란히 드러난 데다 비서 살인 사건, 김수호 살해 피의 용의까지 새로 드러났으니 태온의 대표는 옥살이를 피하지 못할 것이다.

"살해당한 비서도 마약 거래에 끼어 있었다더군. 돈을 더 주지 않으면 경찰에 고발할 거라면서 태온 대표를 협박했대. 태온 대표는 그것 때문에 눈이 돌아가서 비서를 살해했고. 필요 이상으로 난도질했던 건……."

"당시 태온 대표도 마약 중독자였으니까. 맞아?"

최정훈은 이정민의 말을 중간에 끊어버렸다. 이정민은 익숙하다는 듯 고개를 끄덕였다.

"박정웅의 말로는 그랬대. 비서를 죽일 때도 반쯤 취한 상태였다더군. 김수호가 죽은 뒤로는 제 발이 저려서 끊은 모양이지만. 몇 년이나 지난 일이라 그런지 당장 마약 반응은 음성으로 나오더라. 쯧."

썩 마음에 안 든다는 듯 덧붙인 이정민이 고개를 비스듬히 꺾었다.

"그다음은 네가 아는 대로야. 살해당한 비서랑 김수호는 마약 거래 때문에 안면을 제법 익힌 사이였고,

태온 대표는 그걸 이용해서 김수호에게 살인죄를 뒤집어씌우기로 했어. 살인 사건 피의자로 찍힌 김수호는 마약을 한 움큼 집어 도망쳤고."

입에 문 담배에 불을 붙인 이정민이 설명을 이어 갔다.

"처음에는 김수호를 납치해서 약에 찌들게 만든 뒤 차랑 같이 바다에 밀어 넣을 생각이었다더군. 그런데 정신없이 도망치던 김수호가 사고를 내고선 차랑 같이 물에 빠져서 익사한 거야. 참고로, 물에 가라앉히자는 아이디어를 낸 건 사중 대표였대."

"그렇다면 박정호 씨랑 서혜인 씨를 죽인 것도 그 사람인가?"

"뭐, 그렇지. 오태훈 때문에 박정호 씨와 서혜인 씨가 박정웅이 벌이던 사업의 정체를 알게 되어서."

이정민이 언짢은 표정으로 담배 연기를 천천히 뱉어냈다.

"오태훈이 약에 취한 채 사고를 냈고, 그걸 신고한 게 박정호 씨였어. 박정호 씨는 운전자인 오태훈을 도와주러 사고 현장에 다가갔는데……."

좁은 사무실에 매캐한 연기가 차올랐다.

"오태훈이 박정호 씨의 얼굴을 알아봤지. 박정웅

과 일하다 먼발치에서 몇 번 본 거야. 제발 신고하지 말라며 박정호 씨와 실랑이하다가 냅다 불어버렸다더군. 사실 박정웅과 아는 사이고, 자기가 체포되면 박정웅 역시 곤란해질 거라고."

그러나 박정호는 물러서지 않았다. 경찰이 사고 현장에 도착한 뒤 오태훈은 체포당했고, 박정호는 그 길로 박정웅을 찾아가 마약에 손을 댄 게 사실이냐며 따지기 시작했다.

"처음에는 박정웅이 나서서 박정호 씨를 회유하려 들었대. 몇 번이나 집까지 사람을 보내서 같이 돈을 벌자며 유혹하고, 때로는 협박도 했지."

"거절당했군."

"맞아."

최정훈의 말에 그가 고개를 끄덕였다. 그래서 결국 박정웅은 동생 부부를 살해하기로 마음먹었다.

"일을 실행한 건 사중 대표와 SJ렌터카 사장 같아. 함께 부부를 불러내서 그대로 납치했고, 집에 남은 아들의 목숨을 빌미로 협박했대."

"진짜 끔찍한 새끼들이군."

최정훈이 얼굴을 일그러뜨렸다. 그 뒤는 굳이 듣지 않아도 알 수 있었다. 두 사람을 납치한 그들은 양아치 몇 놈과 박정호, 서혜인을 함께 차에 태웠다. 그러고는 최대한 CCTV에 잡히지 않도록 미리 알아둔 루트를 따라 운전하라며 부부를 협박했다. 부부는 서연우를 지키기 위해 놈들이 요구하는 대로 스스로 바다를 향해 질주했다. 그들이 모습을 감춘 지 열 시간이 채 되지 않았을 때였다.

"여기까지가 박정웅의 증언이야. 지금 와서 증거를 찾을 수도 없으니 부부를 살해한 죄까지 성립할지는 모르겠다만 일단 하는 데까지는 해봐야지. 전부 다 마약에 얽혀 있는 덕분에 콩밥은 제대로 먹을 거야."

개운치 않은 얼굴로 말한 이정민이 덧붙였다.

"아, 부부가 어떻게 죽게 되었는지 피해자 아들한텐 전하지 마라. 정신 건강에 안 좋을 테니까."

"내가 얼간이도 아니고 이런 말을 쉽게 지껄일 것 같냐?"

짜증스럽게 쏘아붙인 최정훈이 재떨이에 담배를 비벼 껐다. 그러고는 자리에서 일어나 창문을 활짝 열어젖혔다. 한가득 고여 있던 담배 연기가 미풍에 휩쓸려 사무실 밖으로 빠져나갔다.

"뭐야. 담배 연기에 찌들어서 질식사할 것 같던 새끼가 어쩐 일로 환기를 다 시켜?"

"담배 냄새 묻히고 들어가면 잔소리해."

"잔소리한다고? 누가?"

이정민이 의아하게 물었지만 최정훈은 답을 내어 주지 않았다. 그 대신 의자에 대충 걸어뒀던 외투를 탁탁 털고 책상 위에 있던 탈취제를 뿌리기 시작했다. 이정민이 질색하는 표정을 지었다.

"뭐야?"

"계속 커피 얻어먹고 싶으면 담배 끊으라더라. 까다로운 놈 같으니. 공짜 커피 얻어먹기가 어디 쉬운 줄 알아? 당장 끊지는 못해도 냄새 정도는 빼고 들어가야지."

쿵쿵 코를 박고 냄새를 두어 번 맡은 뒤에야 최정훈은 외투를 걸쳤다. 이정민은 아연실색해서 그를 쳐다보았다.

"이 새끼, 먹을 거에 길들여졌네……."

"불만이냐? 가난한 자영업자한테 공짜 간식이 얼마나 귀한 건데."

옷을 한 번 더 툭툭 턴 최정훈이 덧붙였다.

"시간 비면 너도 같이 가든가. 직원 두 놈은 오늘 다른 일 때문에 자리 비웠거든."

○

카페 '새벽'은 언제나 그렇듯 평화로웠다. 잔잔하면서도 리드미컬하게 흘러가는 재즈 덕분인지, 여유로운 손길로 핸드 드립 커피를 내리는 젊은 사장 특유의 분위기에 영향을 받았는지 손님들도 조곤조곤 목소리를 죽여가며 즐겁게 담소를 나누고 있었다. 딸랑 하는 맑은 종소리에 서연우가 고개를 들었다.

"아, 소장님. 오셨어요? 어라, 이 형사님도 같이 오셨네요."

두 사람을 알아본 카페 사장이 밝게 웃었다.

"오랜만에 뵙습니다, 서연우 씨. 오늘 마침 쉬는 날이라서요. 이 녀석 사무실에 들렀다 같이 왔습니다."

이정민이 점잖게 고개를 숙이자 서연우가 생글 보기 좋은 미소를 지었다.

"어서 오세요. 설마 두 분이 같이 오실 줄은 몰랐는데 이리 뵈니 더 반갑네요."

서연우는 이내 웃음을 터뜨리며 덧붙였다.

"두 분, 친구 사이라고 하셨죠? 소장님한테 친구분이 계셨다니 새삼 놀라워요."

"친구라니요. 원수에 가깝습니다. 이놈 현역 때 사

고 친 거 수습하느라 꽤 애먹었거든요.”

이정민이 한숨을 푹 내쉬며 손을 휘휘 내저었다. 옆에서 최정훈이 짜증스럽게 으르렁거렸다.

“너희 둘 다 죽고 싶냐?”

두 사람은 들은 척도 하지 않았다. 서연우가 자연스럽게 화제를 돌렸다.

“커피는 뭐로 드릴까요? 아, 어머님! 잠깐만 기다려주세요. 금방 돌아올게요.”

그제야 이정민은 서연우가 누군가와 바 테이블에서 대화를 나누고 있었다는 걸 깨달았다. 손님이 미안하다는 듯 미소 지으며 고개를 끄덕였다.

“내가 너무 시간을 뺏고 있었지요? 천천히 다녀와요.”

이정민은 조금 의아해졌다. 그러나 최정훈은 이런 상황이 퍽 자연스러운 듯 주방 쪽으로 들어가는 서연우를 내버려두고 바 테이블에 자리를 잡고 앉았다. 먼저 온 손님과 의자 몇 개를 사이에 둔 곳이었다. 이정민은 호기심을 거두고 최정훈의 옆에 앉았다.

“그래도 밝아 보여서 다행이군. 어지간한 사람은 쉽게 극복 못 할 일인데.”

“물러터져 보여도 보통 녀석이 아니거든.”

최정훈이 담백하게 대답했다. 서연우의 얼굴이며 무릎, 목덜미에 남은 상처는 이제 반창고 몇 개만 남기고 거의 다 아물었다. 새빨갛게 부어올랐던 최정훈의 뺨 역시 새파랬던 멍이 이제는 흐릿한 흔적만을 남긴 채 사라졌다. 그렇듯 일상을 지내다 보면 언젠가는 지독한 상실감도 옅어질 것이다. 얼마 지나지 않아 서연우는 아이스 아메리카노와 이정민이 주문한 차가운 밀크티를 가지고 돌아왔다.

"뭘 그렇게 속닥대고 있어요?"

서연우가 가까이 다가오자 유난히 고소한 커피 향이 물씬 끼쳐왔다. 잠깐 멀뚱히 있던 이정민이 문득 깨닫고는 말했다.

"아, 그러고 보니 계산을 안 한 것 같습니다만."

"괜찮아요. 한 잔 정도야. 모처럼 소장님이 모시고 왔으니까요."

젊은 사장이 특유의 사람 좋은 미소를 지었다.

"그리고 저 사람, 나름대로 얻어먹으려고 노력도 한 모양이니까요. 오기 전에 사무실에서 담배 피우고 급하게 냄새 빼신 거죠?"

말없이 아이스 아메리카노를 들이켜려던 최정훈이 흠칫 고개를 들었다.

“뭐, 뭐야. 어떻게 알았냐?”

“어떻게 알긴요. 어울리지 않게 방향제 향기를 풀 풀 풍기고 있잖아요. 꽃향기인 걸 보아하니 소장님이 직접 고르신 건 아닐 테고. 성민 씨나 승태 씨한테 아무거나 사 오라고 시키셨죠?”

조목조목 다 맞는 말이라 미처 변명도 할 수 없었다. 최정훈은 슬그머니 시선을 피하며 커피를 홀짝였다. 서연우는 앞치마에 손을 닦으며 웃음을 터뜨렸다.

“노력이 가상하니 오늘은 봐드릴게요.”

“저 자식도 데리고 왔잖아. 일주일은 봐줘라.”

최정훈이 이정민을 힐끗 곁눈질했다. 그러자 서연우의 눈길 역시 자연스레 이정민을 향했다. 티격태격하는 두 사람을 구경하며 밀크티를 홀짝이던 이정민이 움찔했다.

“……왜 갑자기 절 보십니까?”

“내가 말했을 텐데 그냥 얻어먹기는 쉽지 않다니까.”

최정훈의 애매한 대답에 이정민은 자신이 눈치채지 못하는 새 매대에 올라갔다는 사실을 깨달았다. 이정민이 꺼림칙하게 물었다.

“그 내가 모르는 사이에 거래라도 오간 거냐?”

“미안.”

"거래 같은 건 아니고 그냥 겸사겸사. 사실 바쁘신 분 시간을 뺏을 생각은 전혀 없었는데 말이죠."

최정훈이 짧게 사과하고 서연우가 천연덕스레 말하며 같은 바 테이블에 앉은 손님을 향해 은근한 시선을 보냈다. 잠시 혼자 남겨진 중년 여성은 따뜻한 핸드 드립 커피를 마시면서도 다소 초조한 기색을 감추지 못한 채였다. 서연우가 그녀에게는 들리지 않도록 목소리를 죽여 속삭였다.

"원래는 소장님 도움만 살짝 받을 생각이었거든요. 그런데 마침 함께 오셨으니까……."

유난히 새카만 눈동자가 장난스럽게 반짝였다.

"형사님도 같이 이야기 들어보실래요? 소일거리 삼아."

"이게 이렇게 된다고……?"

이정민이 황당한 감탄사를 흘렸다. 졸지에 밀크티 한 잔과 커피 한 잔에 팔려 나갔다는 사실을 깨달았다. 다음 순간 앞에 놓이는 먹음직한 레몬 타르트 두 조각에 이정민은 자신에게 거부권이 없다는 것을 본능적으로 알아차렸다. 이정민이 대답도 하기 전에 서연우는 손님을 향해 고개를 돌렸다.

"어머님, 저한테 들려주셨던 이야기요. 한 번만 더

해주실 수 있을까요? 여기 두 분도 도와주신대요.”

서연우의 한마디에 손님이 환한 미소를 지었다. 시름 가득하던 낯에 드디어 화색이 돌았다.

“……어쩐지. 네가 속수무책으로 덜미를 붙잡혔다 싶더라니.”

이정민이 아득하게 중얼거렸다. 좀처럼 사람을 곁에 두지 않는 최정훈이 별 반항도 하지 못하고 길들여진 이유를 알 것 같았다. 저 앳된 사장의 순수한 호의와 약간의 장난기에 반발할 수 있는 사람은 아마 세상에 그리 많지 않을 것이다.

“그러게, 호락호락한 놈이 아니라니까.”

최정훈은 약간의 죄책감을 담아 대답하며 커피를 다시 크게 들이켰다. 여전히 서연우는 카페 ‘새벽’의 주인이었다. 손쓸 새도 없이 휘말린 이정민은 타는 목을 밀크티로 축였다. 모처럼 받은 비번일을 반납당한 처지라 입맛은 조금 썼지만 얼음이 둥실둥실 떠다니는 차가운 밀크티가 유난히 맛있었다.

작가의 말

많은 사람들이 그렇듯 저는 커피를 참 좋아합니다. 한 겨울에도 아이스 아메리카노를 포기하지 못하고 바닐라라테, 카페라테 등 진한 샷에 우유와 시럽, 크림을 첨가한 음료는 피로가 극에 다다른 저를 구원해주기도 합니다. 이따금 도무지 눈이 떠지지 않을 때는 에스프레소 위에 크림을 듬뿍 얹은 에스프레소 콘파냐를 즐기고, 한밤중 조용히 글을 쓸 때는 집에 쟁여둔 콜드 브루 원액을 연하게 희석해 동반자로 삼습니다.

더불어 카페라는 공간 역시 사랑합니다. 프랜차이즈보다는 사장님 취향껏 꾸며진 개인 카페 이곳저곳을 방문하는 것을 즐기고, 날씨 좋은 평일 낮에는 노트북과 책을 들고 나가 손님이 드문 카페에서 느긋하게 시간을 보내기도 합니다. 언제나 커피 향이 떠돌고, 손님들은 제각기 취향에 맞는 음료를 앞에 둔 채 담소를 나누며, 사장님의 취향을 엿볼 수 있는 플레이리스트로 구성된 배경 음악이 흐르는 공간. 그런 곳의

귀퉁이에 앉아 커피를 즐기며 사람 구경을 하거나 글을 쓰고, 어느새 몇 년째 단골이 된 카페에서 사장님과 담소를 나누는 순간을 무엇보다 좋아합니다.

처음 카페를 배경으로 한 이야기를 집필하게 되었을 때는 너무 기뻐서 가슴이 두근댈 지경이었습니다. 커피는 제가 제일 좋아하는 기호 식품이고 카페는 제가 가장 편안히 여기는 공간이며, 이야기를 만들고 글을 쓰는 것 역시 제가 가장 사랑하는 일입니다. 그래서 이왕 이렇게 된 것, 제가 좋아하는 것을 듬뿍 담은 이야기를 만들어보겠다 다짐했습니다.

그렇게 고즈넉한 분위기의 카페 '새벽', 손님들과 소소한 이야기를 나누는 걸 무엇보다도 사랑하는 사장님이 탄생했습니다. 그리고 무엇보다 평화로운 광경 속에 뚱한 얼굴로 앉은 심부름센터 소장님도요. 카페 새벽처럼 안온하고 사연 있는 인물들의 이야기가 끊이지 않는, 결과적으로 평안을 찾아가는 작품으로 즐겨주시면 좋겠습니다.

마지막으로 즐겁게 집필할 수 있도록 기회를 주신 리디 관계자님들께 감사드립니다. 작품 구상 단계에서부터 마무리까지 큰 도움을 주신 김성은 피디님께도 감사 인사를 전합니다.

새벽의 의뢰인

ⓒ 가언 2026

초판 1쇄 인쇄 2026년 3월 1일
초판 1쇄 발행 2026년 3월 5일

지은이 가언
펴낸이 유강문
문학팀 최해경 박선우 박지호
마케팅 김한성 조재성 박신영 김애린 오민정 우지윤

펴낸곳 (주)한겨레엔 www.hanibook.co.kr
등록 2006년 1월 4일 제313-2006-00003호
주소 서울시 마포구 창전로 70 (신수동) 화수목빌딩 5층
전화 02-6383-1602~3 **팩스** 02-6383-1610
대표메일 munhak@hanien.co.kr

ISBN 979-11-7213-381-8 (04810)
ISBN 979-11-7213-062-6 (세트)